从动物文学走入动物世界

【智能阅读小书童】带你探寻动物的秘密:

小小探险家们,让我们一起揭秘【动物大百科】

★ 观看趣味动画,了解动物知识,解读它们的秘密

此外,我们还提供了:
【作者介绍】与【本书角色图鉴】
获取作者简介,浏览书中角色科普介绍
☑【科普小测试】 测测你对动物有多了解
☑【话题讨论圈】 分享你与动物的那些事

微信扫码

还能获取【名著天地】
拓展自己的名著阅读面

【特别企划】
共同参与√配音小达人
欢迎踊跃参加我们的有奖配音活动,下一个配音达人可能就是你哦~

每天读一点 爱上阅读 享爱阅读

捕虫草的囚犯
Bu Chong Cao De Qiu Fan

【加】查尔斯·罗伯茨/著

山东城市出版传媒集团·济南出版社

图书在版编目(CIP)数据

捕虫草的囚犯／(加)查尔斯·罗伯茨著；王春玲改编. —济南：济南出版社，2021.8

(每天读一点. 世界动物文学名著. Ⅵ)

ISBN 978-7-5488-4786-1

Ⅰ.①捕… Ⅱ.①查… ②王… Ⅲ.①儿童故事—作品集—加拿大—现代 Ⅳ.①I711.85

中国版本图书馆 CIP 数据核字(2021)第 176204 号

出 版 人	崔 刚
责任编辑	张伟卿 肖 震 梁 浩
装帧设计	张 倩
出版发行	济南出版社
地　　址	山东省济南市二环南路1号(250002)
编辑热线	0531-86131741
发行热线	0531-67817923　86922073　68810229
印　　刷	山东省东营市新华印刷厂
版　　次	2021年9月第1版
印　　次	2021年9月第1次印刷
成品尺寸	148 mm×210 mm　32开
印　　张	5.875
字　　数	89千
印　　数	1—5000册
定　　价	29.80元

(济南版图书，如有印装错误，请与出版社联系调换。联系电话：0531-86131736)

【特别推荐】

跟随动物去历险

　　查尔斯·罗伯茨是加拿大现实主义动物文学的主要奠基人之一，他首先创造了"动物文学"这一术语，在40多年的创作生涯中，他运用现实主义手法，广采民间关于动物的寓言和传说，结合自己对野生动物和驯化的动物细致入微的观察，共创作了250多篇动物故事。罗伯茨的写实动物故事着力探索了人与动物及自然之间的关系，开阔了人类的眼界和思维，影响着人类的认识和思想。

　　本书是一部关于动物文学的经典之作，包括《捕虫草的囚犯》《潜伏者》《旷野上的不速之客》《深海决斗》《地洞里的小暴君》《鲑鱼历险记》《美琳蒂大战山猫》

捕虫草的囚犯

7个故事，大部分以动物为主人公，它们形态不一，性格迥异，分别在自己的世界里经历了种种危险。你可以站在一只小蚂蚁的角度，体验一下深陷捕虫草牢笼的绝望；可以和洄游的鲑鱼一起经历河流和海洋的凶险；可以了解一匹经历了海难的白马如何在旷野上生存；可以观看在海洋深处，北极熊和独角鲸展开殊死搏斗；可以预测地洞里的鼩鼱与黑蛇的战斗，谁取得了最后胜利……所有这些新奇的历险故事，都在书中——精彩呈现。

本书情感流露真实自然，将我们带入动物们丰富多彩的世界，带着我们目睹了那些动人的情景：小小的蚂蚁深陷"水牢"，冷静沉着地寻找求生的希望；面对无法逾越的大瀑布，鲑鱼却一次又一次腾空而起；白马向雄鹿发出友好的信号，却遭到猛烈攻击……动物们的勇敢闪烁着耀眼的光芒。

本书中的故事不仅新奇有趣，结局出人意料，而且包含着大量和野生动物相关的知识。通过阅读，我们能增长知识，了解野生动物的习性以及它们生活的别样世界。

目 录

☑ 观看动物百科
☑ 加入话题讨论
还可以参与配音达人活动哦

目 录

捕虫草的囚犯

第一章　神秘的"瓶子" / 002

有一片捕虫草的叶子伸得比较长，顶端垂下的"瓶子"夹杂在一丛灌木中，一只黑色的小蚂蚁带着天生的敏感和好奇心……

第二章　身陷囹圄 / 006

突然之间，这只"瓶子"开始剧烈摇晃起来，"瓶子"里的液体也开始翻滚……

第三章　幸运降临 / 010

蜘蛛停止了下降，它的几对眼睛挤在一起，像红宝石一样闪闪发光，紧紧地盯着下边的小蚂蚁……

捕虫草的囚犯

潜伏者

第一章　海上遇难 / 014

忽然被惊醒的牙买加船员呛了水,发出一声惊叫,马奥尼也被扑面而来的巨浪卷进了汹涌的海水中……

第二章　水中潜伏者 / 019

他甚至可以断定他的助手就在鲨鱼肚子里!现在,这家伙又带着一副穷凶极恶的样子冲着他来了……

第三章　求救失败 / 023

他为此饱受折磨,觉得自己无论再怎么激动,再怎么努力,除了口渴得更厉害,什么效果也没有……

第四章　更可怕的潜伏者 / 028

他抱着极大的期待关注着水下那个庞大的神秘生物,它透着一股邪气的身影正慢慢地从海中浮上来……

第五章　绝处逢生 / 032

马奥尼仍然惊魂未定,一动也不敢动,好像刚刚做了个噩梦一样……

目 录

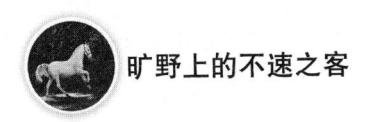

旷野上的不速之客

第一章　惊涛骇浪中的白马 / 038

　　一片沉闷的水面上出现了一匹白马，它的头和四分之一的身躯露出水面，长长的鬃毛随波浪起伏着……

第二章　独自奔跑 / 042

　　白马一路小跑，朝着山谷的方向跑去，它想赶紧远离一切和水有关的声音和景象……

第三章　夜行者 / 046

　　一只鸟张开宽大的翅膀，从树林里飞出来，缓缓飞过草地上空，悄无声息……

第四章　与雄鹿的战斗 / 050

　　雄鹿的突然攻击，伤害了白马的自尊心，它发出一阵响亮的嘶鸣，嘴巴张得大大的，露出令人畏惧的牙齿……

第五章　追随驯鹿群 / 054

　　经过白马身旁的时候，驯鹿们纷纷好奇地看着它，然后又很快移开视线，专注地跟着领头的雄鹿继续前行……

第六章　惊奇不断的夜晚 / 058

　　它决定勇敢地面对任何威胁，越来越近的摩擦声却戛然而止，停在了离它不到50米的地方……

捕虫草的囚犯

第七章　找到新主人 / 063

白马吃了一些草，继续自在地赶路，它并没有在路上多耽搁，此时的白马似乎已经有了自己的目标……

深海决斗

第一章　发现鲑鱼群 / 068

北极熊一边高高抬起它那黑黑的鼻子，用力呼吸着，想闻闻有什么特殊气味……

第二章　最独特的鲸鱼 / 072

这个奇怪的东西非常巨大，有些扭曲，伸出水面足足有一米高，然后又立刻缩了回去……

第三章　殊死搏斗 / 076

北极熊也重新找回了自信，充满了战斗的激情，眼睛里再一次燃烧起熊熊怒火……

第四章　最后的胜利 / 081

接下来，北极熊一圈又一圈地游着，仍然沉浸在战斗的激情中，还没有平静下来……

目 录

地洞里的小暴君

第一章　凶恶的小家伙 / 086

　　鼩鼱反应很迅速，就好像提前知道危险降临一样，它把尾巴和后腿迅速收起来钻进土里……

第二章　倒霉的草地之旅 / 090

　　又挖了大约半分钟，鼩鼱觉得头顶上忽然透进了新鲜的空气，然后又发现有光照进来……

第三章　霸占地洞 / 095

　　鼹鼠身子向后一缩，准备逃跑，就在这时，鼩鼱咬住了它的喉咙……

第四章　战胜黑蛇 / 098

　　目前的战况对鼩鼱来说有很大优势，它绝不会轻易放弃，它死死地抓着洞口不放……

第五章　小暴君的毁灭 / 102

　　红狐狸把鼻子贴到地面上，小心翼翼地闻了闻，很快确定了猎物的位置……

捕虫草的囚犯

鲑鱼历险记

第一章　鲑鱼的诞生地 / 106

　　成功发育成鱼形胚胎后，它们开始从藏身的鹅卵石下游出来探险，开始挑战湍急的溪流……

第二章　开启冒险之旅 / 110

　　即使经过深思熟虑，终于找到了水深合适的藏身处，小鲑鱼和伙伴们仍然面临着其他危险……

第三章　夏天的快乐和惊险 / 115

　　帕尔从未放松过警惕，它拥有无与伦比的敏捷，可以成功地避开很多危险……

第四章　两只奇怪的苍蝇 / 120

　　帕尔看到这两只奇怪的苍蝇非常兴奋，立即冲上去，用尾巴攻击那只带有绿色的苍蝇……

第五章　奔向大海 / 124

　　而如今，激情和喜悦好像已经不复存在，它们的生活变得平静了，却又非常急切地想要赶往某个地方……

第六章　海洋中的盛宴 / 127

　　它对此并不知情，只觉得刚才莫名其妙地忽然离开了水，然后又很快掉下来……

第七章　危险重重 / 132

在游向近海的航程中,危险又一次降临在这些鲑鱼身上,即使它们动作再灵活也无法轻易躲开敌人……

第八章　悲喜交加 / 137

就在鲑鱼们享受着这种神秘而新奇的喜悦时,水花四溅的声音引来了一头黑熊……

第九章　跨越大瀑布 / 142

格里斯面对的正是这股清澈的水流,它集聚起浑身力量向上冲刺,到达了距离顶端只有30厘米的高度……

第十章　并非一只松鼠 / 146

大概又过了10分钟,成年鲑鱼在水面上发现了一个棕色的毛茸茸的东西,它看起来很像一只小松鼠……

第十一章　恢复自由 / 150

不断的刺痛让成年鲑鱼受尽折磨,不过,顽强的它还是继续坚持着,在石头上不停地来回摩擦……

第十二章　最后一道障碍 / 153

它再次鼓起勇气和力量,又一次腾空而起,带着似乎不可战胜的力量和速度,向瀑布冲了上去……

捕虫草的囚犯

美琳蒂大战山猫

第一章　美琳蒂家的小木屋 / 160

在奶奶旁边,有一扇雪埋半截的小窗户,奶奶不停地往窗户外面张望……

第二章　山猫偷袭 / 164

不过,她又是生气又是心疼,一股怒气冲上脸颊,小脸儿一下子涨得通红,蓝眼睛里也冒出了熊熊怒火……

第三章　大战山猫 / 168

美琳蒂浑身是劲儿,只听她发出一声歇斯底里的怒吼,冲向了那两只山猫……

第四章　大获全胜 / 173

下一秒钟,枪管里喷射出红色的火焰,枪声响亮极了,像是要把玻璃全都震碎一样……

一起来揭秘动物大百科吧!

捕虫草的囚犯

微信扫码
- 观看动物百科
- 加入话题讨论

还可以参与配音达人活动哦

捕虫草的囚犯

第一章 神秘的"瓶子"

有一片捕虫草的叶子伸得比较长,顶端垂下的"瓶子"夹杂在一丛灌木中,一只黑色的小蚂蚁带着天生的敏感和好奇心……

这是一片辽阔的平原,大部分区域都覆盖着茂密的灌木丛,只有一小片开阔地上长满了野草。在这片开阔地的边缘处,有一丛很引人注目的植物,叶子顶端垂下一些"瓶子"。其实,这是一株年轻的捕虫草,"瓶子"是它的捕虫笼。"瓶子"是浅绿色的,上面长着细细的红色条纹,每一个"瓶子"从底部到"瓶口",都从浅绿色逐渐变成棕红色。捕虫草在不同的生长阶段,这些"瓶子"的大小和颜色也会各不相同。

现在已经是夏末,捕虫草最大的那片叶子也还没有完全长大，不过它也足足有 15 厘米长了，直径大约有 3 厘米。大多数"瓶子"的颜色已经很鲜艳了，"瓶子"内部的中心部分，长着一个小小的红色嫩芽，小到肉眼很难看到。不过再过一段时间，这颗小嫩芽就会长成结实的花柄了。

阳光照耀着这片草地，捕虫草"瓶子"上的红色条纹、"瓶口"的棕红色和周围野草的碧绿形成鲜明对比，颇有"万绿丛中一点红"的效果。夏末不是多花季节，捕虫草身上的红色格外显眼，吸引了很多昆虫飞过来。

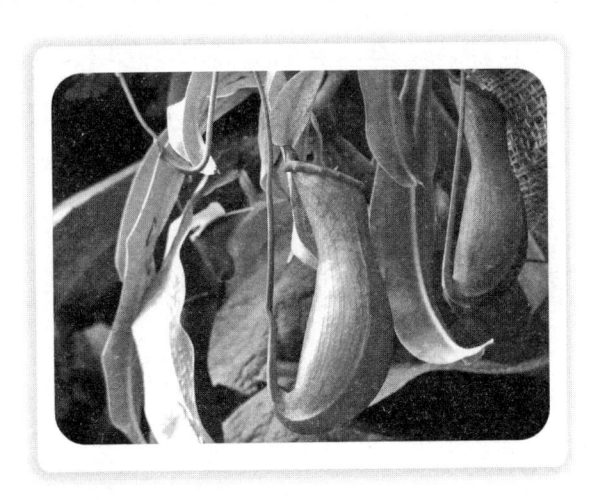

昆虫们只要看到鲜艳的颜色，就想来一探究竟，因此捕虫草的周围，总有些扑扇着翅膀的昆虫好奇地围着它盘旋，嗡嗡地叫个不停。有时候，还会有小虫子试着碰一碰

它的叶子,然后又失望地飞走了。有时候,也会有一两只小飞虫忍不住在"瓶口"停下来,向里面张望,有时是小黄蜂,有时是苍蝇,偶尔也有翅膀亮闪闪的甲虫或者翅膀像薄纱一般的姬蜂。这些来探险的小家伙们总是禁不住好奇,越爬越深,最后都不见了踪影。那些飞进捕虫草"瓶子"里的小虫,从没有一只再飞出来。

有一片捕虫草的叶子伸得比较长,顶端垂下的"瓶子"夹杂在一丛灌木中,一只黑色的小蚂蚁带着天生的敏感和好奇心,围着这个瓶子形的东西转来转去。一只黑色和橙色相间的蝴蝶,在太阳底下悠闲自在地飞着,也离"瓶子"越来越近了。这时候,一只百舌鸟忽然俯冲下来,把蝴蝶一口衔在嘴里。百舌鸟的一只翅膀碰了"瓶子"一下,想顺便看看能不能把"瓶子"打落。结果整个"瓶子"从茎开始打转,慌乱的小蚂蚁突然落到了"瓶子"上。

小蚂蚁着陆的位置比亮晶晶的红色"瓶口"要低很多,它拼命趴在那里,几只脚牢牢地抓住捕虫草上一层短短的白色绒毛。等小蚂蚁回过神来,它又开始探索周围的新环境了,先是朝着这些绒毛根部的方向爬去,不一会儿,它就来到了"瓶口"和"瓶颈"之间陡峭的斜坡上。这时候,小蚂蚁发现这座斜坡滑得很,它决定还是先停下

捕虫草的囚犯

来，然后原路返回，可它发现已经回不去了。这些向下生长的绒毛本来看起来没什么危险，这时候却都一根根冲着它刺过来，逼着它只能一路往下爬。小蚂蚁越挣扎，这些绒毛就逼得越紧，直到它最后无路可退，落到了"瓶子"里。

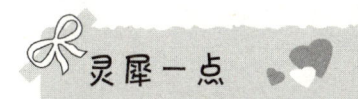

灵犀一点

捕虫草具有捕食昆虫的习性，这类植物被称为"食肉植物"或"食虫植物"，它们大多生长在养分比较贫瘠的湿地，为了生长的需要，捕食昆虫消化其养分。捕虫草的捕虫器官其实是一种变态叶。

捕虫草的囚犯

第二章　身陷囹圄

突然之间,这只"瓶子"开始剧烈摇晃起来,"瓶子"里的液体也开始翻滚……

小蚂蚁非常吃惊:它竟然落进了"水"中,这个"瓶子"简直就是水牢!原来,"瓶子"里有半瓶冷冰冰的液体。小蚂蚁挣扎着,终于抵达了这座牢房的墙壁,然后试图沿着墙壁向上爬。这时候,可怕的绒毛又一次出现了,开始越来越紧地裹向它。小蚂蚁试图躲开,想用有力的上下颚咬断绒毛。最后,经过不懈的努力,小蚂蚁几乎要挣脱绒毛的包围了,可更多锋利难缠的绒毛又刺过来,把它拉回去,重新抛到冷冰冰的液体中。

小蚂蚁这时候已经筋疲力尽了,但是它仍然没有放弃,努力挣扎了很久,终于抓住了浮在液体上的东西。这是一只已经死去的飞蛾，可对于小蚂蚁来说，无疑是一艘巨大的救生艇。小蚂蚁赶忙爬上去，一动不动地趴了好一会儿，才缓过神来，也渐渐恢复了体力。小蚂蚁似乎比大多数在水上漂流的落难者更幸运，因为这只死去的飞蛾对它来说，不仅是救生艇，还是可口的食物，至少暂时不用担心会饿死。

小蚂蚁现在成了捕虫草监狱的囚犯，阳光透过半透明的、长着细细红色条纹的"墙壁"照射进来，变成了宝石一般的亮绿色，和外面明亮的阳光截然不同。小蚂蚁从来没有见过这番景象，它对眼前陌生的一切很着迷，目不转睛地欣赏着。小蚂蚁终于习惯了这奇异的景象，又休息了一会儿，开始仔细查看周围的每个角落。这时候，它无论做什么都无法改变现在的处境。于是，小蚂蚁又开始休息了，只有偶尔稍稍动一动触角，表示它依然清醒着。

时间一分一秒地过去，什么也没有发生。这一天，外面没有风，除了鸟儿叽叽喳喳的叫声，也没有别的声音传到捕虫草的"瓶子"里。突然之间，这只"瓶子"开始剧烈摇晃起来，"瓶子"里的液体也开始翻滚。这说明又有什么东西落在了"瓶口"，而且这个不速之客分量还不轻。过了一两分钟，这个新来的家伙开始顺着那些可怕的绒毛往下滑了，最后也掉到了"瓶子"里的液体中，泛起

捕虫草的囚犯

一阵不小的"水花",差点儿把小蚂蚁从"救生艇"上冲下来。

这个刚掉进去的家伙原来是一只蜜蜂,它立刻把本来就不宽敞的"牢房"搅得天翻地覆。蜜蜂拼命地挣扎,支棱着翅膀,绕着"墙壁"一圈又一圈地打转,把"水花"溅得到处都是,差点儿把小蚂蚁淹死。不过,小蚂蚁还是撑过来了,它紧紧地抓住"救生艇",沉着冷静地看着蜜蜂,知道它迟早也会屈服。蜜蜂经过几次徒劳的尝试,没能逆着绒毛的方向爬上去,反倒累了个半死。蜜蜂不停地挣扎着,终于也碰到了这只死去的飞蛾,它也想立刻爬上去,摆脱冷冰冰的液体,也好晾一下刚才被弄湿的翅膀。可这只蜜蜂太胖了,一爬到飞蛾身上,飞蛾立刻就往下沉，整个翻转过去，还被推到了"墙壁"边上，刚好抵着那些可怕的绒毛。小蚂蚁非常气愤，却也很无奈，它用嘴紧紧地咬住几根绒毛，好让自己能趴在"墙壁"上。

这时候，蜜蜂已经彻底累坏了，也被"瓶子"里冰冷的液体冻坏了，加上受到惊吓，神志已经不清醒了，它依然继续拼命去抓那只飞蛾的尸体，却一点儿作用也没有，飞蛾被蜜蜂肥大的身体压在下面，不停地下沉、翻滚。只过了几分钟，蜜蜂就停止了这种毫无意义的挣扎，它被淹死了，也浮了起来，一动不动地漂在飞蛾旁边。小蚂蚁又一次爬到了飞蛾上面，捕虫草监狱暂时恢复了平静。

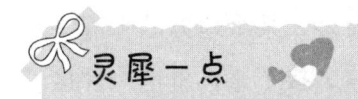

灵犀一点

无论遇到怎样的危险，我们都要沉住气，不慌张，千方百计地寻找自救的办法和策略，就像身陷捕虫草监狱的小蚂蚁一样，要有一颗勇敢的心，去迎接挑战，战胜困难！

第三章　幸运降临

蜘蛛停止了下降，它的几对眼睛挤在一起，像红宝石一样闪闪发光，紧紧地盯着下边的小蚂蚁……

有时候，大自然的规律很奇妙，某个地方的平静一旦被打破，就很久都无法恢复过来，接下来，事情一件接着一件地发生。

一只体形硕大的蜘蛛，本来在草丛里爬来爬去，偶然间发现了这株漂亮的捕虫草。它是少数知道捕虫草秘密的动物之一，因此经常在捕虫草"瓶口"附近转悠，捕食了很多脱不了身的小昆虫。

蜘蛛知道，选的"瓶子"越大，猎物也就越多，于是它选了一只最大的"瓶子"，沿着底部向上爬。颜色鲜艳的"瓶子"表面虽然很光滑，却并不能阻挡蜘蛛的脚步。蜘蛛奋力向上攀爬，由于它个头很大，"瓶子"开始倾斜、摇晃，里面的液体也被再次震荡起来。就在这时候，小蚂蚁透过"瓶子"的瓶壁，看到了外面大蜘蛛的影子。

蜘蛛很快爬到了"瓶口"，小心翼翼地从"瓶口"上方探出身子，它不会冒险去碰那些绒毛，而是开始在"瓶口"吐丝，简单地结了个网。

然后，在保证自己可以随时靠蜘蛛丝脱身的前提下，它毫无顾虑地倒挂下来，一直下降到"瓶子"的瓶颈部分。它一边往下降，一边吐丝，它身后有一只小小的钩子，牢牢地抓着这根蜘蛛丝做的绳索。突然，蜘蛛停止了下降，它的几对眼睛挤在一起，像红宝石一样闪闪发光，紧紧地盯着下边的小蚂蚁。这可把小蚂蚁吓坏了，它拼命想躲在飞蛾下方，逃过蜘蛛敏锐的眼睛。对它来说，这只蜘蛛比它以往遇到的任何敌人都要危险。

捕虫草的囚犯

在这生死关头,幸运之神降临,眷顾了这只小小的蚂蚁。四周忽然爆发了剧烈震动,如同地震和海啸一般,瞬间毁坏了捕虫草的小世界。不知是什么动物用它毛茸茸的大脚跑过来,像怪兽一样踩过这些捕虫草的"瓶子",踩碎了好几个,而其余幸免于难的"瓶子"也受到牵连,里边的液体洒落出来,其中也包括囚禁小蚂蚁的这只"瓶子"。

小蚂蚁被这突如其来的变故吓坏了,不过它并没有受伤,等它清醒过来,发现自己躺在一簇被捕虫草里的液体溅湿的野草上,它竟然重新获得了自由。在小蚂蚁的头顶上方,蜘蛛正挂在一片青草叶子上,它也被吓坏了,还没弄明白发生了什么。蜘蛛挂在那里非常醒目,很快就暴露了自己,一只黑黄相间的大黄蜂落下来,一下子就把蜘蛛叮得不能动了。大黄蜂又把蜘蛛抓起来,扇动着又大又重的翅膀,发出嗡嗡嗡的声音,很快飞走了。

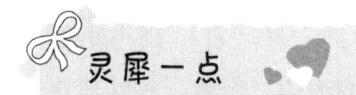

灵犀一点

小蚂蚁幸运地获得了自由,蜘蛛却被大黄蜂抓走了。动物世界有天然的食物链,也有各种意外情况。

潜伏者

微信扫码
☑ 观看动物百科
☑ 加入话题讨论
还可以参与配音达人活动哦

捕虫草的囚犯

第一章　海上遇难

忽然被惊醒的牙买加船员呛了水，发出一声惊叫，马奥尼也被扑面而来的巨浪卷进了汹涌的海水中……

加勒比海上波涛汹涌，一艘小船轻快地在浪尖航行，忽然又刮起一阵更强劲的风。

时间才过午夜，马奥尼就醒来了，既然再无法入睡，他就去接管船舵，好让干活一直很卖力的牙买加船员也睡一觉。海面很空旷，看不到岛屿和礁石，甚至在小船和前方即将抵达的古巴之间，也看不到大型的鱼群。风有点儿大，航行似乎还很顺利，马奥尼的工作就是紧紧抓着船舵，这样的工作实在单调枯燥，他用手抓着船舵，很快睡着了。

这时，天上的云聚集到了一起，慢慢遮住了月亮，云层越来越厚,透出来的月光越来越微弱。海上的景象看起来非常虚幻,远处的海浪好像离小船很近,而真正近在咫尺的浪花,却又好像离得很遥远。海面上不停地出现一些轮廓分明、颜色黯淡的影子,这些影子变换成奇怪的形状,一会儿聚拢,一会儿又消散开。马奥尼对这些波涛深处幽灵般的影子非常着迷,他目不转睛地盯着欣赏。突然,其中一个很大的影子举动异常,聚拢到一起,却没有马上消散。昏昏沉沉的马奥尼打了一个激灵,他倒吸了一口凉气,赶紧用力转动船舵,披在身上的床单掉下来,他也浑然不觉。船在那一瞬间受到了一阵巨大的冲击,像一匹受了惊吓想要拼命爬上岸的马一样,前身高高地抬起。接下来,马奥尼感到一阵眩晕过后,船彻底翻转过来。忽然被惊醒的牙买加船员呛了水,发出一声惊叫,马奥尼也被扑面而来的巨浪卷进了汹涌的海水中。

马奥尼奋力挣扎着游到海面上,用手抹一把脸,甩掉眼睛里的海水。他紧紧抓住船尾,将自己拉起来,想看清楚究竟发生了什么。

这时,他看到一大块船的残骸,正稳稳当当地在海上漂着,他得出结论:自己的小船肯定是撞在了沉船的一大块残骸上。马奥尼判断得没错,在大约 5 米开外的地方,有一大块甲板,连同几块残破的船舷,正在海面上漂浮

捕虫草的囚犯

着。看起来，这些比他现在手里紧抓的船尾部分更适合当救生板。

于是，马奥尼重新回到海水中，用力游向那块甲板，他终于抓住了一块断开的船舷。他马上朝四周张望，寻找他的助手。马奥尼一直想当然地认为：牙买加助手的水性很好，他肯定一直都在船的另一边。于是，马奥尼对着船大声喊叫，从他的叫声可以听出他内心的担忧和恐慌。马奥尼大声喊叫了很久，一点儿回应都没有，只有海浪翻滚的声音。马奥尼觉得不可思议，他决定再次潜下水去，游到船的另一边寻找助手。他游过去仔细查看了一番，却什么也没有发现。其实，如果他的助手真在那里，他早就从船底下游上来了。不管怎么说，马奥尼的助手就这么忽然神秘消失了，消失在了茫茫大海中。马奥尼打着冷战，蜷缩下来，紧紧抓住随着波浪摇摆的小船。

这时候，马奥尼才有更多时间用来思考。他非常自责，怪自己太心急，试图用一只小船就想从金斯敦（牙买加首都）航行到圣地亚哥（古巴东南部城市）。其实，他可以多等一段时间，乘坐蒸汽船航行就保险得多。马奥尼是一名战地记者，他要赶往发生战乱的圣地亚哥进行采访，他这么火急火燎地出发，是担心去晚了，如果战争结束了，就采写不到有价值的新闻。牙买加助手生死未卜，但几乎可以肯定，因为自己的鲁莽和愚昧，他已经葬身大海了。"这个可怜的家伙！"马奥尼叹了口气，他也知道，现在担心失踪的助手毫无意义，眼前最急迫的事是向来往的船只求救。这片海域来往的船只不少，但是小船的残骸几乎和海面一个高度，丝毫不起眼。

马奥尼心里明白，除非他马上被人救起，否则的话，很快就会渴死。他也知道，随便一阵狂风，一个巨浪，都可能使他丧命，而现在他完全还没做好告别人间的准备，他必须尽快找到可以发出空中信号的东西。

马奥尼决定，天一亮，他就再次潜到水下那艘底朝天的船里，把船上的鱼叉或者吊杆弄上来，然后把自己的上衣绑上当信号旗，固定在船舷上，作为求救信号。

捕虫草的囚犯

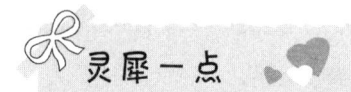

灵犀一点

海上遇难的马奥尼积极想办法自救。自立者人恒立之，自助者天助之。身处危险之时，不要沮丧失望，只有相信自己，永不言弃，才能激发出潜能和力量。

微信扫一扫
一起来揭秘动物大百科吧！

潜伏者

第二章　水中潜伏者

他甚至可以断定他的助手就在鲨鱼肚子里！现在，这家伙又带着一副穷凶极恶的样子冲着他来了……

黎明即将到来的时候，风停了，这时，东方已经渐渐明亮起来，天边像是有一团红色的火焰，慢慢点燃了整个天空，看上去无比壮观。马奥尼可没有心情欣赏这些，他迫不及待地想要升起他的求救旗帜，但现在光线还不够亮。他只好耐心等待着，等到天空变蓝，太阳完全照亮地平线的时候，他就开始行动。

马奥尼站起来，将匕首咬在嘴里，准备潜入海中。下水之前，马奥尼仔细地观察了海水，定睛一看，他惊呆了！他放下了嘴里的匕首，一动不动地盯着海面。

"怪不得呢！"他自言自语道。马奥尼咧开嘴，露出不屑的表情，然后把刀插回腰间的皮带，又坐了下来。在他身后大约3米开外的地方，一个巨大的黑色三角形鱼鳍正在缓缓地划开波浪，向他移动过来。原来是一条大鲨鱼！

这时候，马奥尼也没有别的事情可做，就全神贯注地盯着不远处的鲨鱼看，看着它悄无声息地潜行而来。他粗略计算了一下，按照鱼鳍的尺寸，这条鲨鱼比他以前见过的最大的鱼还要大很多。他一直很讨厌鲨鱼，这一条让他格外讨厌。他大概可以想到这条鲨鱼上一次进食的时候，情景是多么惨不忍睹，他甚至可以断定他的助手就在鲨鱼肚子里！现在，这家伙又带着一副穷凶极恶的样子冲着他来了，好像根本没吃饱。突然，鲨鱼潜到了马奥尼看不到的地方。10多分钟之后，鲨鱼露着黑色鱼鳍又出现了，动作敏捷而轻盈。

太阳升起来了，阳光直直地照射下来，那个恐怖的大鲨鱼又一次在马奥尼的视野中消失了。马奥尼现在可以仔细观察脚下这片清澈的蓝绿色海水了。他发现昨晚救生艇上的那块船只残骸，其实是一艘旧船的残骸。这艘残破的旧船，不知在这片热闹的热带海域中停留了多久，残骸上覆满了厚厚的贝壳和五颜六色的海藻，还爬满了各种海洋生物。在残骸的阴影掩护下，有许多小生命生活在这里，它们按照大自然的规律生生死死。残骸边缘附着的一层层

潜伏者

贝壳，因为岁月久远，有的已经开始脱落，一些较小的鱼类在这里游来游去，有的闪着像蓝宝石和钻石一样的光芒，还有的小鱼呈粉红色，它们游得快的时候，就像一道道水中的火焰。附近还出没着一群群鲣鱼，这些家伙既贪婪又迅速，不停地在贝壳层表面觅食。

大约在贝壳层下方 2 米深的地方，一条嘴巴巨大的杖鱼埋伏在那里。这家伙足有 1.5 米长，待在那儿一动不动，只是轻轻摆动着它的鱼鳍。马奥尼从来没有见过凶残的杖鱼这么悠闲地休息，他觉得这条鱼肯定刚刚吃饱喝足。有一段时间，这条杖鱼一定是睡着了，睡觉在海里可是一件无比奢侈的事情。因为除了抹香鲸或者虎鲸这些海洋霸主，睡觉对其他海洋生物来说都是一项冒险行动，随

时可能在梦境中被天敌袭击。其实，即使是抹香鲸和虎鲸在睡觉的时候也不能保证不会遇到危险。杖鱼的眼睛很敏锐，可以看到很广的范围，它似乎在密切注视着周围的动静，可是杖鱼却没有发现，一个巨大的、幽灵般的身影正从它的下方慢慢接近。这个巨大的黑影冲向杖鱼的肚皮，它的肚皮上突然泛起绿白相间的光芒，杖鱼强有力的尾巴忽然扭转，给自己提供了一股旋转的冲力，快速向前冲去。可惜已经晚了，鲨鱼三角形的下颚已经牢牢地咬住了猎物，将杖鱼咬成两截，并很快就把杖鱼吃了个一干二净，就像饿坏了肚子的人一口吃下一个牡蛎，毫不费力。

接下来，马奥尼见过的这条最大的"杀人鱼"再次慢慢地潜下去，消失了。大约又过了5分钟，鲨鱼再次出现，还是一副无比贪婪凶残的样子。

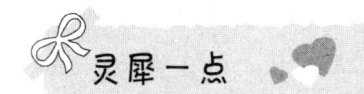

灵犀一点

各种生物通过一系列吃与被吃的关系，也就是捕食关系，彼此联系起来的序列，在生态学上称为食物链。食物链是指自然界中在没有人的干预下，各种生物之间形成的生存关系。在生物链与食物链之中，物竞天择，适者生存。

第三章　求救失败

他为此饱受折磨，觉得自己无论再怎么激动，再怎么努力，除了口渴得更厉害，什么效果也没有……

这时候，船的残骸上温度已经很高了。一艘小型蒸汽船从远处经过，马奥尼立即脱下上衣，拼命地挥舞着，他希望蒸汽船上有人能用望远镜向他这边看，可是蒸汽船没发现他，径直开走了。马奥尼只好把上衣穿上，太阳炙烤着他的脑袋，使他感觉越来越热，他后悔弄丢了帽子。好在他还有一块手帕。马奥尼把手帕像头巾一样缠在头上，还不时地把手帕解下来，在水中浸湿，然后再次缠到头上，给头和脖子降温。

时间越来越接近中午，在马奥尼视线范围内，经过的船只足有五六艘，却没有一艘船开到他身边，他几乎连获救的希望都没有，这让他感觉很沮丧。马奥尼是个聪明人，既然没事干，他就尽量待着不动，保存体力，只用眼睛观察着他的"救生艇"下来来往往的新奇生物，再就是每隔一段时间，他就把水泼在自己身上降温，也希望身体能多少吸收点水分，尽量减少干渴的痛苦。

炽热的太阳终于升到了当空，好像根本不在乎马奥尼的感受。下午的时候，一艘三桅帆船出现在马奥尼的视野中，此刻，海风轻轻吹着，掀不起什么大浪，但也足够让帆船完全扬起帆，乘风航行。

帆船的航线离马奥尼不远，他激动地脱下上衣，竭尽全力地跳跃着，拼命挥舞着衣服，希望船上的人能看到自己。结果他发现这样做没用，于是，他又把上衣和连帽外

套的袖子系在一起,将手里的求救旗做得更长一些。他觉得只要有人朝这边看,肯定能看到他。可是无论马奥尼怎么努力,帆船还是没有发现他,自顾自地离开了。其实在帆船的甲板上,即使有人朝这边看,马奥尼的求救旗也根本引不起注意,它看起来不过像海面上的一道白色的泡沫。可是在马奥尼看来,自己简直就是被无情地遗弃了。他为此饱受折磨,觉得自己无论再怎么激动,再怎么努力,除了口渴得更厉害,什么效果也没有。这时候,他已经口干舌燥,有一股想要大声诅咒那艘船的冲动。不过出于自尊,马奥尼到底没有喊出来。他躺在残骸上,对着"救生艇"下潜伏着的鲨鱼那深绿色的身影喃喃说道:"你这该死的家伙!其实,那些人也不比你好多少!"

鲨鱼好像听懂了马奥尼的话,要对他做出回应,在离他一只胳膊远的水下抬起头,用它那双透着冷酷的眼睛看了看马奥尼。马奥尼抬起脚,恼怒地朝着鲨鱼的方向踢了一下,然后转过身去,又一次将水泼在身上,凉爽的海水刺激着他的皮肤,尤其是喉咙和手腕的部位舒服了一些,他觉得口渴的感觉好像稍微缓解了一点儿。

太阳落下去了,又到了晚上,这是个风平浪静的夜晚,天空也很晴朗。有一段时间,海浪在水中的影子那么黑,水中微生物发出的磷光显得格外明亮,马奥尼一时找不到潜伏在身边的大鲨鱼了。他用衬衫的袖子把自己绑在残骸上，睡了一两个小时。在梦里，马奥尼正准备喝一大壶水，水壶的底儿忽然掉了。他从梦中醒来，虽然这只是个梦，但他还是非常失望。睡着的时候，他有时还会大声喊叫，手脚不停地挣扎，幸亏提前把自己绑在残骸上，才不至于掉到海里去。他还梦到一艘白得发亮的蒸汽船正全速航行，船离他那么近，近到可以看见船上的围栏，不可思议的是，船上的人竟然看不见他。睡醒之后，马奥尼感到无比绝望、虚弱。过了好几分钟，他才让自己重新镇定下来。他不想再继续睡下去，于是，他又开始把手腕浸在水中，让水面上舞动的磷光随着轻缓的波浪，浸没他的手指。

马奥尼鼓励自己不能失去希望，至少，还有月亮在海上升起。银色的月光下，远处有一艘船行驶过来，又小又黑。马奥尼再次盯着船看，内心充满期待，他还是再次失望了。一两个小时之后，另一艘船也经过了这片磷光闪烁的海面，但是也没有接近这片残骸。只有鲨鱼摆动着锋利的三角状的黑色鱼鳍始终潜伏在海水中，陪伴在他身边。后来，马奥尼禁不住想，自己最后会不会落到这条不知疲倦的鲨鱼嘴里呢？他发誓，如果最后因为口渴神志不清，他也会把自己结结实实地绑在残骸上，不管怎样，他绝不会让自己沦为鲨鱼的美餐。

马奥尼对自己的决定很满意,他不停地把海水泼在身上,稍微缓解了一些口渴的感觉,竟然再次睡着了,等他醒来的时候,太阳已经很高了。

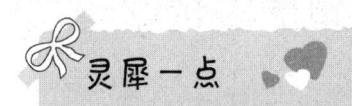

灵犀一点

马奥尼几次求救都失败了,他感到很失望。面对困难和挫折,只有养精蓄锐,积蓄能量,才能有更好的精神和状态去迎接挑战。

第四章　更可怕的潜伏者

他抱着极大的期待关注着水下那个庞大的神秘生物，它透着一股邪气的身影正慢慢地从海中浮上来……

马奥尼把捆绑自己的绳索解开，开始密切地观察周围的动静。他看到了一艘双桅横帆船，高高的桅杆顶上挂着皇家旗帜，迎风招展，正在向远处驶去。很明显，这艘船经过这里的时候离这片残骸很近，马奥尼立刻懊恼地生起自己的气来，恨自己不该睡着。也许那艘船是他唯一的希望，就这样错过了。现在，他的视野内再没有任何船只的影子，远处的天空中飘着一缕青烟，也许是另一艘早已离去的蒸汽船留下的痕迹。

这时候，马奥尼意识到他已经开始不停地自言自语，反复责备自己不该睡着，错过了求救的机会。这个发现吓了他一大跳，他确实有点神志不清了，他用力摇晃脑袋，尽量重新恢复神志，恢复勇气和警觉，然后用衣服继续不停地往身上泼水，从头淋到脚。马奥尼很确定，缺水的身体一定能通过皮肤吸收不少水分，这样的想法多少缓解了一点儿口渴的折磨。等他再次穿上衣服的时候，他没有穿衬衫，而是把衬衫绑在船舷上，随时准备向经过的船只求救。然后，他再次俯下身子，目光投向平静的海面，偷偷看鲨鱼是不是还跟着他。

　　鲨鱼巨大的身影近在眼前，看上去冷冰冰的，像幽灵一般悄无声息地缓缓接近海面，它好像漫不经心，正在离水面只有几厘米的地方休息。很明显，鲨鱼刚刚饱餐了一顿，猎物的个头应该很大。太阳透过上面浅浅的海水，晒在鲨鱼粗糙的黑色鱼鳍上，暖洋洋的，吃饱喝足的鲨鱼就这么悠闲自在地躺着晒太阳。鲨鱼的眼睛仍然露着凶光，眼神里还透着扬扬自得的神情，刚好和马奥尼对视。大鲨鱼的眼神激怒了马奥尼，他气呼呼地用力拉扯船舷，想马上做一支鱼叉，当然，这种念头是愚蠢的，也很不现实。马奥尼一边做着无用功，同时漫不经心地看了一眼附近的海面，突然，他惊呆了！海中的东西完全吸引了他的注意力，他全然忘记了口渴和疲劳，连那致命的大鲨鱼也暂时抛到了脑后。

捕虫草的囚犯

在深深的墨绿色的海水中,马奥尼目光所及的地方,出现了一个模模糊糊的巨大的身影,这个影子不停地移动着,渐渐清晰起来。马奥尼一动不动地盯着海面,努力想弄清楚这究竟是什么。他关于大海的知识大多来源于道听途说,根本算不上渊博,因此不知道水下是什么东西,也不知道是不是令鲨鱼害怕的敌人。马奥尼想象力很丰富,他本来就充满了对海洋深处的种种遐想,不管下面是什么神奇的东西,他都做好了心理准备。于是,他抱着极大的期待关注着水下那个庞大的神秘生物,它透着一股邪气的身影正慢慢地从海中浮上来。马奥尼终于看到了它的真面目,一眼就认出对方是何方神圣了,他以前到过马里亚纳群岛一座极深的环礁湖,在那里马奥尼曾经见过一次这种生物。其实，这家伙和正在那儿晒日光浴的鲨鱼有点儿相似，只是体形更瘦些，一对宽阔的鱼鳍像翅膀一样朝两边张开，样子很有趣。它和鲨鱼最大的区别在脑袋上，这种生物的脑袋和它的鱼鳍一样又宽又大，还天生装备着武器，吻前端长着一把像双刃锯一样的东西，大约有2米长，1米宽。这根大锯子的两头边缘就像被人特意裁成直角一样，上面还长着尖尖的锯齿。这种生物就是神秘而恐怖的海中杀手——锯鳐。

马奥尼吓得一动也不敢动，免得惊动了鲨鱼，如果鲨鱼逃走了，毫无疑问，自己就是锯鳐的食物了。锯鳐的眼睛静静地注视着海面上熟睡的大鲨鱼，眼神里仿佛透着冷冷的杀意，这个可怕的家伙以越来越快的速度向着海面浮上来，但是它的鱼鳍和尾巴看起来似乎一动不动。透过清澈的海水，现在马奥尼连锯鳐头部骇人的锯子上有几颗锯齿都能数清楚了……

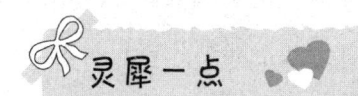

灵犀一点

马奥尼发现了比鲨鱼更可怕的潜伏者。危险无处不在，很多时候，会发生令我们意想不到的事情。危急时刻，我们一定不要丧失信心，要沉着、冷静，从容面对，并想办法克服一切困难和挑战！

第五章　绝处逢生

马奥尼仍然惊魂未定，一动也不敢动，好像刚刚做了个噩梦一样……

锯鳐从鲨鱼的正下方袭来，一直上浮到离鲨鱼只有几米的距离，此刻，鲨鱼还在舒舒服服地晒着太阳大睡，马奥尼紧张得屏住了呼吸。只见锯鳐迅速地向一侧翻转身体，将锯子的一端朝向水面，长长的锯子就这么停顿了片刻，接着它一侧的鳍和尾鳍同时举起，那把长锯直直地冲着鲨鱼进攻，刺穿了鲨鱼的腹部，借助强大的冲击力，这一击刺得很深，动作干净利落。

马奥尼被这突如其来的景象吓得不知所措，禁不住哇哇大叫起来。大鲨鱼身受重伤，经过一阵剧烈的抽搐，它的整个身体都软下来，周围的海水也被染得通红。马奥尼

潜伏者

本来准备坐山观虎斗，可战斗在一瞬间就结束了。受害者鲨鱼没有任何要报复的意思，它甚至没有看锯鳐一眼，似乎压根不知道袭击它的是什么。接下来的几秒钟，鲨鱼先是冲出海面，浑身痉挛着，很快就沉到了水下，也许落在了海底深处的某处昏暗的洞穴里。

锯鳐也紧跟着沉下去，一阵狼吞虎咽，很快就吃掉了它的鲨鱼美餐。吃完之后，锯鳐又悠然自得地游上来，开始用鼻子在船舷的周围嗅来嗅去。不过好像没什么东西能引起它的兴趣，它很不屑地翻了个身，巨大的尾鳍啪的一声扫过船舷，然后慢悠悠地游走了，就像它来的时候一样神秘。马奥尼仍然惊魂未定，一动也不敢动，好像刚刚做了个噩梦一样。马奥尼看着那个灰黑色的巨大身影，在水下颜色渐渐变淡,最终完全消失了。有那么一段时间,马奥尼仍然继续盯着锯鳐离开的方向,想象着对方潜到海底深处的样子。最后,他深吸了一口气,像是想要摆脱什么可怕的咒语似的,努力高高地昂起头,向海平线的方向望去。

这时候,马奥尼看到远处有一个小黑点,在波浪中不紧不慢地穿行。这段距离并不太远,他发现那是一艘小小的蒸汽货船。马奥尼立刻清醒过来,意识到锯鳐杀死大鲨鱼之后,他就可以潜水了。于是,他把刀咬在嘴里,潜入水中,切断了小船的绳索。整个过程中,他动作非常迅速,始终保持着冷静。大约半分钟后,马奥尼就重新回到海面上了,他气喘吁吁,但心中充满希望。马奥尼做了两三个深呼吸以后,再次潜到水下,当他再次浮出海面的时候,他的手里拿着一根桅杆上的斜杆。紧接着,马奥尼迫不及待地把衬衫和外套当作旗子挂在了斜杆上,庆幸的是,这根斜杆足够长,他打算用皮带把斜杆捆在船舷上。这时候,马奥尼才忽然想起来,海面上的风现在根本不够大,旗子飘不起来。他只好双手把旗子尽量举高,然后使劲儿朝左右两边挥舞。蒸汽船上负责瞭望的船员会看到他吗?或者就算对方看到了他,能立即明白这是怎么回事吗?这么一想,马奥尼顿时泄气了,一阵绝望涌上心头。

不到最后关头绝对不能放弃,这么一想,他再次咬紧牙关,继续挥舞着他用衬衫和外套做成的旗子……

终于,马奥尼看到蒸汽船和他的距离越来越近,没错,这艘船向他驶过来了!马奥尼激动极了,兴奋得浑身颤抖,他双手哆哆嗦嗦地把斜杆拴在船舷上,一屁股坐下来,大口大口地喘着粗气。

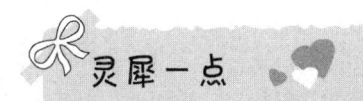

灵犀一点

马奥尼得救了,既有偶然的幸运,更有他不到最后关头绝不放弃的坚持。我们平时要多学习一些关于洪水、地震、火灾等自救知识,掌握实施自救和求救的方法和途径,只有这样,在关键时刻,才能冲出困境。

旷野上的不速之客

微信扫码
✓ 观看动物百科
✓ 加入话题讨论
还可以参与配音达人活动哦

捕虫草的囚犯

第一章　惊涛骇浪中的白马

一片沉闷的水面上出现了一匹白马，它的头和四分之一的身躯露出水面，长长的鬃毛随波浪起伏着……

一艘行驶中的三桅帆船，忽然撞到了暗礁上，船身迅速向前方倾斜过去，顿时，一阵巨浪朝船身后部袭来。在巨大的冲击下，帆船又一次狠狠地撞到了礁石上，这块礁石足足有船身的一半大，帆船终于支撑不住，撞断了龙骨。

船的前半部分已经没入水中，淹没在一阵惊涛骇浪里。铅灰色的浓雾笼罩在礁石周围，这艘即将沉没的帆船露出水面的一半船身也隐藏在浓雾中。船员们站在船尾，他们大部分人是来自加拿大加斯佩半岛（位于加拿大魁北克省的东部）和新不伦瑞克省的新手。这些船员训练有素,他们都一言不发,非常冷静,随时待命。在周围一片嘈杂的涛声和船体的断裂声中,传来船长的一条条指令,船员们按照指令迅速行动。前方其他船都已经让开,而沉没了一半的船,则成了船员们简陋的避难所,为他们暂时抵挡着风浪。

这时,浓浓的雾开始迅速散去,就像镜子上的雾气一样,很快消失得无影无踪。船正前方不到3公里的地方就是岸边,巨大的黑色礁石高高耸起,环绕在岸边,还可以看到岸上长满了树木,在夜色笼罩下就像一片黑色的森林,一排排雪白的浪花猛烈地拍打在岩石上,撞得粉碎。在岸边和这艘支离破碎的帆船之间,还有很多礁石,白色的浪花不停地撞在礁石上,发出闷雷一般的响声。如果往南继续走,就可以看到清澈的海水,那里风平浪静,更适合航行。船长观察了一下,他发现岸上的陆地就是加斯佩半岛南部的一处岬角,也就是说,帆船因为受到风浪冲击,离开原来的航线很远了。又过了大约5分钟,前边那些装满货物的船纷纷驶离风浪激荡的礁石后方,迎着一道宽阔的波浪,来到前方开阔的水域,暂时获得了安全。前面的船刚刚躲到安全的地方,断裂的帆船就被巨大的风浪卷起,又重重地落下来,发出一阵巨大的声响,就像沉闷的叹息声。船的后半部分卡在礁石上,形成一个空洞,波涛翻滚着不停地涌进来,把一大堆乱七八糟的东西从黑漆漆的船舱底下冲出来。箱子、酒桶以及各种各样的货物,纷纷漂在了水面上。

现在,风浪暂时停息了,一片沉闷的水面上出现了一匹白马,它的头和四分之一的身躯露出水面,长长的鬃毛随波浪起伏着,眼睛里满是恐惧,它显然被刚才发生的事吓坏了。白马浮在水上的画面很快消失了。一阵比刚才还汹涌的大浪席卷了礁石,把帆船的残骸高高抛起,又重重扔下来。白马也被卷到浪里,抛向前方,卷入礁石后方的惊涛骇浪中。

这艘在圣劳伦斯河上忽然遭受不幸的帆船,是一艘从葡萄牙波尔图出发,驶向加拿大魁北克省的货船,船上装的大多是葡萄酒。船在经过加拿大拉布拉多海域的时候，被一阵东北方向的激流向南冲出很远，偏离了航线。这时，船又遇到大雾，撞到礁石上，被突如其来的大浪打沉了。船上碰巧有一匹品种优良的白色西班牙马，本来要运给加斯佩半岛罗宾省的一个富裕人家。帆船撞到礁石的时候，就已经注定会沉了。善良的船长迅速打开马厩，把这匹漂亮的白马放出来，他觉得应该给这匹马自己求生的机会。这匹白马靠着天生的敏捷和运气，在混乱中躲过了船身残骸和碎片的袭击，身体完好无损。

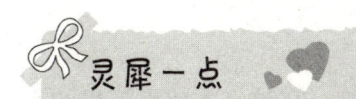

灵犀一点

船即将下沉的时候，船长惦念自己心爱的白马，便打开马厩，放出了白马，让白马有逃生的机会。人类的生存不能没有动物，在危急时刻，要尽可能保全动物伙伴。

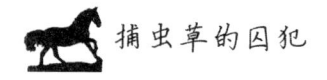

第二章　独自奔跑

白马一路小跑，朝着山谷的方向跑去，它想赶紧远离一切和水有关的声音和景象……

当白马再次浮上水面的时候，它被这条咸水河里的水呛得厉害，它一边大口喘着气，拼命挣扎着，一边把水从鼻孔里喷出来。白马终于从一大堆船的残骸碎片中挣脱了出来，高高抬起优雅的头颅，在平缓的波浪中十分自如地游起来。

由于受到惊吓，白马有点神志不清，它竟然朝着大海的方向游去。过了一会儿，它才从刚刚发生的灾难中缓过神来，天生的机警开始发挥作用。它仔细观察了一下周围的情况，看到了陆地，也注意到了将波浪搅得一塌糊涂的礁石群。白马并没有直接向着陆地游过去，因为那里的波浪太汹涌，它选择了继续沿着河流向前迂回游去，因为那里的水更加清澈、平静。

白马向南游了一段，绕过了礁石群，这才向着岸边游去，直到又碰到了岸边不远处的另一个礁石群，被汹涌的白色浪花又一次吓到，于是，它再次转过头向南游了很长一段距离。这匹白马身强体壮，从生活在沙漠中的祖先那里继承了持久的耐力，虽然这种迂回的游泳方式绕了不少远路，但是它并没有觉得疲惫。白马绕过一处低矮的岩石后，终于来到了一处平静的小水湾，这里没有惊涛骇浪。河流中巨大的波浪不停地翻滚着，盖过了岩石，小水湾里却相对平静，偶尔有一阵细碎的波浪拍在长满水草的黑色河滩上，泛起一些泡沫。在水湾尽头，有一条浅浅的小溪，它沿着狭窄的山谷流过来，流到两个小小的红色沙洲之间就消失了。

白马从小溪边跳上了岸，马蹄一离开泛着白色泡沫的浪花，站到坚实、干燥的沙地上，它就立刻高兴地使劲儿甩头，然后回过头，用厌恶和不屑的眼神看了看好不容易摆脱的河水。白马一路小跑，朝着山谷的方向跑去，它想赶紧远离一切和水有关的声音和景象。

这匹白马在西班牙北部大草原上长大，那里是一片常年刮着大风的贫瘠之地。它跑进一片绿色的杉树林，感到

捕虫草的囚犯

分外孤单。在杉树绿色的枝叶中间,偶尔会有一棵枫树或白桦树出现,火红的枫叶让它眼前一亮,白桦树那白色的树干和金色的叶子也非常显眼,这些树以前它都没见过,但毕竟不过是些树而已,而它对树并不陌生。

小溪涓涓流淌着,溪水流经的地方还有无数小小的池塘,也让白马觉得很熟悉、友好,它真正讨厌和害怕的,只有陌生的河流和海水。可怕的惊涛骇浪被远远甩在身后,再也看不见了,白马终于感到心满意足,继续向树林深处走去。这里一片静寂,茂密的树林遮蔽了阳光,数不清的铁杉树整整齐齐地排列着。穿过树林,白马来到一片溪边的草地上,虽然已经是深秋时节,但是这片草地依然是碧绿的,草的味道也非常甜美。白马停下了脚步,准备好好休息一下。

傍晚时分，头顶上笼罩多日的灰色云层慢慢散去，终于从北边露出蓝色的天空。明媚的阳光洒落山谷，给葱郁的密林罩上暖暖的金色。池塘的水面上波光粼粼，泛起了夺目的金色，突如其来的明亮让白马兴奋起来，它继续上路了，开开心心地朝着日落的方向前进。它那长长的鬃毛和尾巴已经完全晾干了，迎着傍晚的微风飘拂。风不停地吹过山谷，让白马感到非常惬意，它沿着山谷一直前进，知道太阳就要落山了。暮色迅速降临，天色暗下来，这时，白马已经来到了一个它感觉很满意的地方，这里三面环水，有一块巨大的岩石，岩石周围长着茂密的铁杉树，旁边还有一小片草地。这里让白马感觉非常安全，也不像在密林里独自赶路的时候那么孤独了。它在岩石脚下趴下来，面朝着小溪对面郁郁葱葱的树林。

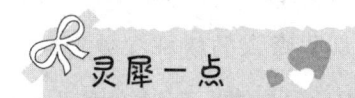

灵犀一点

心中拥有目标，便拥有了生命的激情。白马拥有了远离可怕的惊涛骇浪的坚定目标，因此，才能信心百倍地独自奔跑。生而为人，就要拥有梦想。有梦想，才能点燃希望！

第三章　夜行者

一只鸟张开宽大的翅膀,从树林里飞出来,缓缓飞过草地上空,悄无声息……

白马正在休息的时候,忽然有一种奇怪的声音传来,这种声音听起来空洞而低沉,好像是从很远的地方传来的叫喊声:"呜——呜——呜——"。白马以前从没听过这种声音,它绷紧了神经,一下子跳跃起来。原来这是大角猫头鹰在叫,恐怖的声音不停地从阴森森的树林深处传来。白马呼吸急促,竖起耳朵,仔细地聆听着,眼睛和鼻孔都越张越大。就在这时候,一只蝙蝠从耳旁飞过,又把它吓得原地转了半圈儿,发出了一声尖叫。

猫头鹰恐怖的声音终于停下来,过了几分钟,白马重新趴下来,眼睛仍然警惕地盯着小溪对面黑漆漆的森林。

一只鸟张开宽大的翅膀，从树林里飞出来，缓缓飞过草地上空，悄无声息，就像一只巨大的飞蛾。

这只鸟还低头看了看白马，它的一双眼睛圆溜溜的，闪着苍白的光，白马凭直觉认定这只鸟就是刚才发出怪叫的家伙。不管怎么说，不过是一只鸟而已，和老家比利牛斯山（位于欧洲西南部，是西班牙和法国的天然国界）上的老鹰比起来根本不值一提。于是，白马的恐惧感消除了，终于安安稳稳地进入了梦乡。

这几天，紧张和恐惧一直伴随着白马，它已经筋疲力尽了，因此睡得很沉。过了一会儿，夜色中，一只红狐狸悄悄地出现在附近，为了捕捉老鼠，迂回地绕着一块草地包围过来，竟然很意外地看到一个白色的庞然大物睡在岩石脚下。狐狸吓坏了，急忙往后退，躲回自己的藏身处。狐狸从没见过这样的动物，连白马身上的气味也显得非常神秘和危险。狐狸一动不动地观察着这个不速之客，然后又围着岩石小心翼翼地绕了半圈，躲到另一边仔细研究起来。狐狸没有获得什么有用的信息，于是，它又向后退了几步，开始研究起白马的足迹来，它发现白马的脚印和它熟悉的任何动物都不一样。最后，狐狸下定决心，把自己捕猎的区域限定在很小的范围内，免得惊动了这个白色的庞然大物，狐狸对这个陌生的外来者还摸不清底细，不敢轻易得罪它。

　　除了狐狸，还有一只猞猁出现在岩石顶上，它的两只耳朵尖上分别长着一小簇毛，眼睛又圆又亮，露出凶光。猞猁朝岩石下面的草地上看了看，本来希望能看到在附近跑动的野兔，令它意外的是，它看到了一个巨大的白色身影，一动不动地趴在那里。猞猁也从没见过白马这种动物，它大吃一惊，瞳孔也变得更大更亮了，背上的毛竖起来，小小的尾巴也炸开了花。猞猁一边发出嘶哑的咆哮，一边向后退，一直退回到杉树林里。猞猁的咆哮声传到白马的梦中，变成了汹涌的波涛声，它在船上的时候，波浪不停地冲击船底，它每天都能听到这种声音。猞猁的咆哮声并没有惊醒白马。

大约到了凌晨两点，这是大自然给所有的动物们传递信号的神秘时刻。这个神奇的信号告诉动物们，黎明即将来临，它们要尽早做好准备。

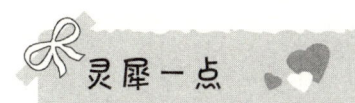

> **灵犀一点**
>
> 　　夜行动物有蝙蝠、猫头鹰等，它们选择夜行，缘于对生存环境的恐惧，是一种避敌行为。夜行动物喜欢晚上出没，有些是因为需要在夜间捕食，有些则是有灵敏的感官，适合在晚上出没。

第四章　与雄鹿的战斗

雄鹿的突然攻击，伤害了白马的自尊心，它发出一阵响亮的嘶鸣，嘴巴张得大大的，露出令人畏惧的牙齿……

白马终于从睡梦中醒来，它浑身抖了抖，慢慢走到小溪边喝水，然后朝着有青草的地方走去。这时的森林似乎还很安静，其实，充满勃勃生机的新的一天已经开始了。在远处一块高高的岩石上，一只雌狐狸正在高声长嚎；茂密的灌木丛中传出叽叽喳喳的叫声，则意味着森林里的鸟儿们也已经醒来了；老鼠们也在草地上匆忙地跑来跑去。这时，一头长着大角的雄鹿出现在若明若暗的树林中，它向着小溪的方向走来。

这头雄鹿颜色很深，远远望去，就像一个移动的影子。它看到白马，就停了下来，发出一阵洪亮的叫声，既表示吃惊，又像在示威。白马踱来踱去，疑惑地看了雄鹿一眼，向前跑了几步，发出友好的嘶鸣声，像是要询问对方，又像是要表达自己的善意。白马想告诉雄鹿，它只是想有个伴儿，这样就不用独自面对幽深的森林，也不用在陌生的地方度过一个个漫漫长夜了。

现在正是雄鹿发情的季节，它早就变得烦躁易怒，在它看来，白马的样子很高傲，这更激怒了它。雄鹿把这个白色的陌生动物当成了对手，见对方靠近，它勃然大怒，用两个前蹄在地上一阵猛踩，发出挑战的信号。白马不明白雄鹿的意思，它继续向前走了几步，探了探鼻子表示疑问，一直走到离雄鹿只有几米的地方。只见雄鹿突然像一个球一样跳起来，躲闪到一边，然后立即用后腿站起来，紧接着，它用锋利的角如闪电一般向白马发动攻击。

捕虫草的囚犯

雄鹿的攻击迅速而凶狠,白马丝绸般光滑的身上立刻被划出两道长长的鲜红的伤口。这时,白马的友好和热情消失了,它怒火中烧,只想立刻给对方有力的回击。雄鹿的突然攻击,伤害了白马的自尊心,它发出一阵响亮的嘶鸣,嘴巴张得大大的,露出令人畏惧的牙齿,朝着对手猛冲过去。雄鹿不敢迎面撞击这个被它激怒的对手,它一下子跳到半空中,又顺势敏捷地跳到一旁,等待下一个可以主动发起攻击的时机。

白马不敢掉以轻心,它的愤怒并没有随着这次攻击而停止,怒火反而越烧越旺。雄鹿还在继续等待攻击的机会,它坚信这个机会肯定会到来,而它对自己的敏捷很有信心,觉得自己占有绝对优势,因此雄鹿对于这次战斗的结果一点也不担心。

此时此刻,无知才是雄鹿最大的弱点,它完全不了解对手,不知道这个来势汹汹的白色野兽究竟有什么战斗技巧。因此,当它躲开白马第一次攻击的时候,只躲开了它的牙齿和强有力的前蹄。白马立刻意识到,想要对付雄鹿这一如此敏捷的对手,它应该改变目前的攻击方式。白马再次发起攻击时,它迅速转身半圈,用它钉过掌的后蹄迅速踢过去。不幸的是,雄鹿正好被击中了最致命的地方——脖子根部和肩膀前部,雄鹿就像中弹一样,立刻就倒下来。雄鹿还没来得及做出站起来的姿势，白马的铁蹄又落在它身上，对它继续发起新一轮攻击。

战斗很快结束了，白马从复仇中缓过神来，喘着粗气，睁大眼睛看了看对手，雄鹿已经不再挣扎，也停止了呼吸。这时，白马的最后一丝愤怒消失了。眼前的景象和血腥的气味让它觉得浑身不舒服，也很恐惧，于是，它转身离开了。白马一开始想原路返回，但回头看了看，有点犹豫，它发现自己已经对这条路产生了强烈的厌恶感，就放弃了这个想法。白马沿着小溪继续前进，两旁则是茂密的森林，一眼望去，黑压压的一片。

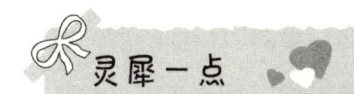

灵犀一点

白马战胜了雄鹿，雄鹿则为自己的骄傲无知付出了生命的代价。无论做什么事情，都应专心致志，全力以赴，不能有任何的松懈，否则就会陷入被动或危险的境地。

捕虫草的囚犯

第五章　追随驯鹿群

经过白马身旁的时候，驯鹿们纷纷好奇地看着它，然后又很快移开视线，专注地跟着领头的雄鹿继续前行……

黎明时分，白马走出了森林，来到一片湖泊前。湖里的水已经蒸发了不少，湖面波澜不惊，漂着一团团羽毛和白色的泡沫，湖水则闪着淡淡的紫色和亚金色。湖边到处都是整齐、茂密的杉树，而此时的天空，刚刚泛起鱼肚白。湖边的沼泽地呈现出秋天的金黄色，中间偶尔会夹杂着点点粉色和宝石绿色。这种景象吸引了白马的注意，让它模模糊糊地想起了家乡。这里有草地，有略带甘甜的溪水，还有远离神秘杉树林的地方可以栖身。于是，白马决定在这里停下。这里空气清新，温度很低，让它感觉精神振奋。每天早晨，湖水边缘都会结一层薄冰，在低气温的环境中，白马身上的伤口很快就愈合了。

　　白马在湖边大约待了10天左右，开始厌倦了这里一成不变的景象。它在泥泞的沼泽附近百无聊赖地散步、吃草、漫无目的地奔跑，身上长长的鬃毛和马尾优雅地随风飘动。这个白色的身影分外显眼，所有生活在附近树林里的动物们都忍不住向它望去，充满了好奇。不过这些动物都小心翼翼地隐藏着自己，除了好奇，白马带给它们的还有恐惧。白马很少发现其他动物的影子，以为生活在这个地方的动物除了水中的鱼和向南方飞去的野鸭，就只有它自己了。每天日落以后，野鸭总是发出很响亮的嘎嘎声，一边叫一边降落在湖面上，扑通扑通冲进水里，溅起一朵朵水花。

　　晚上，白马依然没有发现其他动物，但它常常听到一些奇怪的声音。猫头鹰总是发出阴沉的叫声，白马听得很不耐烦。还有好几次，它听到从湖的另一边传来刺耳的吼叫声，异常尖锐，声音里还透着一股挑战的意味，这种声音让白马感到很迷惑，一听到它就马上站起来。不过，发出这种尖锐吼叫声的动物从来没有现身过。有时候白马还会听到另一种叫声，不那么尖锐，拖着长音，这种声音不像挑战声，更像是想吸引它过去。这两种声音都让白马无比好奇。这里本来是麋鹿经常出没的地方，但它们不论雄雌，都不想惊扰这个白色的不速之客。湖边成了白马的领地，它好像已经登上了霸主之位。

有一天傍晚，太阳刚刚落下，白马站在没到后蹄的冰冷湖水里喝水时，一阵又轻又急的脚步声传到它的耳朵里。白马立即抬起头，它看到一群长相怪异的动物，这些棕灰色的家伙头上长着大大的角，排成长长的一队，从森林中走出来，穿过这片开阔的草地，向湖的另一边跑去。

领头的是一头体形巨大的雄鹿，身体几乎是白色的，它头上的角足足有一整头麋鹿那么大。领头的雄鹿发现了白马在看它，也朝它看过来，眼神很温和，带有一丝好奇，它并没有停下前进的步伐。很显然，鹿群在急着赶路。通常驯鹿是种有好奇心的动物，看到奇怪的东西总忍不住想弄个明白，一探究竟。眼前的驯鹿群，行进得井然有序，似乎是在赶时间，但经过白马身旁的时候，驯鹿们纷纷好奇地看着它，然后又很快移开视线，专注地跟着领头的雄鹿继续前行。

白马站在那里，注视着这支队伍，它的头高高昂起，鼻孔张得很大，一直目送着最后一头驯鹿消失在湖边的密林中。这时，它忽然发现自己孤零零地留在这片空旷的草地上，强烈的孤独感前所未有地袭来。白马并非想和驯鹿群在一起，也不是看到它们成群结队向着日落的方向走远，就想跟着一起走，它真正怀念的是与人类相处的时光。白马想起了有人抚摸它鬃毛的感觉，想起食物充足的马厩和人们对它说话时温柔的声音，也想起了其他同类的陪伴。不知道为什么，它觉得向西南方向走，更容易遇到人。于是，白马迎着落日的余晖，追随着驯鹿群消失的方向出发了，它已经在湖边和沼泽地待够了，它想找到有人的地方。

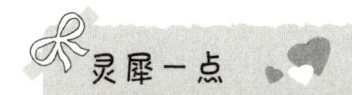

灵犀一点

　　成群结队的驯鹿离开后，白马开始想念主人。相互信任是人与人、人与动物相互沟通和交往的法宝，只有彼此信任，才能和谐相处。

第六章　惊奇不断的夜晚

它决定勇敢地面对任何威胁,越来越近的摩擦声却戛然而止,停在了离它不到50米的地方……

不知不觉,白马已经走了大约几公里。有一段路很难走,枯枝败叶、横七竖八倒下的树干、浓密的灌木纵横交错,走过这段路,又穿过了一片树林,才来到一个较小的湖边。这个湖和它离开的那个湖很不同,湖边没有草地,湖岸非常陡峭,长满了茂密的树木。有一片窄窄的、浅浅的白色沙滩斜穿过湖水的出口处,一直向外延伸到大约90米开外的地方。很明显,上游的水没过了这片沙滩。晚上,一弯淡黄色的月牙挂在黑漆漆的树林边缘。

白马从黑漆漆的树林中突然钻出来,来到湖边。在树林中赶路的时候,它全神贯注,只听得到自己的脚步声,

旷野上的不速之客

这时候，它终于停下来，在杉树阴影的掩护下安安静静地站着，仔细观察、聆听，熟悉周围的新环境。就在这时，从沙滩的另一端，离湖岸大约几百米远的地方，传来巨大的撞击声和灌木丛摩擦的声音。白马好奇地竖起耳朵，想仔细辨别一下是什么东西，声音却停止了，死一般的寂静又一次笼罩了森林。

大约过了一两分钟，从沙滩另一头走出一个动物，这个家伙肩膀高高的，也没有长角，它背对月光站着，白马只能看到一个黑色的剪影。这个家伙伸了伸有些僵硬的脖子，发出一阵悠长的叫声，似乎想要吸引什么动物过去。这个声音白马非常熟悉，前几天，每天晚上都能听到。其实，这就是雌鹿呼唤雄鹿的声音。伴随着悠长的叫声，几乎同时，从湖岸另一边传来了回应，那里再次传出灌木摩擦的声音。这些互相应答的声音让白马觉得好奇，也感到有些紧张。它仔细倾听着，听到灌木的摩擦、断裂声越来越近了。这时候，白马的血液里涌起一股想打架的冲动。从这种越来越近的声音里，白马听出一种不友善的意味，于是，它决定勇敢地面对任何威胁，越来越近的摩擦声却戛然而止，停在了离它不到50米的地方。大概有10分钟的时间，周围一片寂静，静得连树枝折断和水花溅起的声音也没有。月光下站着的雌鹿，又发出了孤独的叫声。就在这时，雄鹿也许太兴奋了，一不小心发出"哼"的声音，结果立刻被白马发现了。大约离自己十几米远的地方，白马看到了一个巨大的身影，这就是那个发出摩擦声的家伙，它长得又高又壮，宽大的鹿角轮廓与周围的灌木相互交织在一起。

白马高高地抬起脖子，长长的鬃毛也飞扬起来，它张开嘴，露出了雪白的大牙齿，炯炯有神的眼睛像燃烧着的火焰一般。大概有半分钟的时间，它一直紧紧地盯着雄鹿，与雄鹿那双在夜色中发着光的小眼睛对视着。白马这时候很想打一架，但它要等着对方先出击。雄鹿没有回应白马的挑衅，一声不响地消失在漆黑的森林里，就像它来的时候一样悄无声息。白马浑身微微颤抖着站在原地，它满心疑惑，一时没有反应过来。好几分钟过去了，白马仍然忧心忡忡地望着树林，在目光所及的每一个角落寻找雄鹿的踪影，为可能忽然到来的偷袭做准备。然后，它又望向湖对岸，发现发出呼唤声的雌鹿也从月光下消失了。这时候，白马的心情忽然变得异常烦躁，它竟然毫无意识地向着湖里走去，一直走到湖水没到了它的腹部，才清醒过来，它绕到南边的湖岸附近，爬上了陡峭的岩石，然后朝着黑漆漆的树林走去。它这么做似乎并没有什么目的，也许只是为了尽快离开这个莫名其妙的小湖。

对于白马来说，树林深处和湖边一样孤独。由于它行动起来总是发出很大的声音，再加上它的颜色也太显眼，别的动物都纷纷躲开它。夜色中，白马像个独行侠一样在树林里穿行。走着走着，白马总算找到了一串人类的足迹，而且向着离湖面越来越远的方向延伸。白马一时兴起，顺着这串足迹走下去。

现在，白马走在厚厚的草地和枝叶上，周围除了偶尔碰到树枝沙沙作响，听不到别的声音。它身体两侧的树林都是一片黑暗，很少听到鸟的叫声或者其他动物奔跑的声音。走了一段路后，白马发现树林并不像它想的那么空。它看到一只野兔从眼前跑过；还看到一只狐狸从它面前一路小跑超了过去，然后回头看了看它，表情还很镇定；还

捕虫草的囚犯

有一次，一只小小的、背上长着条纹的臭鼬步履轻松地从它面前经过，留下刺鼻的味道。白马的鼻子本来就很敏感，它难受了很长一段时间。有时，还有很大的鸟从头顶上飞过，弄得白马立刻神经紧张地跳起来。还有一次，它听到一阵什么东西突袭的声音，然后是一阵咆哮声，紧接着是一阵尖叫，然后是双方打斗撕咬的声音。这一连串声音让白马立即兴奋起来，它调转了前进的方向，往旁边跑过去，想一探究竟。然而，它什么也没看到，又跌跌撞撞地走了一会儿，终于到了一条比较好走的小路上。

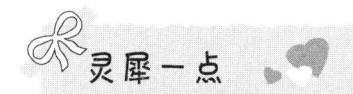

灵犀一点

在夜晚的森林中，白马遇到很多不可思议的事。生活中，我们也可能遇到意外或者危险，无论在什么逆境中，我们都要有一颗勇敢的心，去迎接挑战，战胜困难！

第七章　找到新主人

白马吃了一些草，继续自在地赶路，它并没有在路上多耽搁，此时的白马似乎已经有了自己的目标……

当黎明的曙光照亮树林的时候，白马看到面前出现了一处空地，空地上有两间低矮的小木屋。终于看到人类居住的地方了！白马兴奋极了，它高兴地嘶鸣起来，立刻欢快地跑到木屋门前，用前蹄拍打着老旧的木头门，门马上开了。

这只是一间已经废弃的伐木工人临时住的木屋。门没有锁，白马用鼻子把门彻底顶开，快步走进去。屋里非常潮湿，也没什么像样的东西，只有一个生锈的铁炉，一个用圆木做的凳子，木屋的一边有张木头床，眼前的一切让白马很沮丧。屋里的东西都已经残破不堪，床上似乎还残留着人的气味。白马垂头丧气地又走到马厩前，曾经也有马儿住在这里，显然那是很久以前的事了，但它还是希望能嗅到点同类的气味。于是，它使劲儿伸着鼻子，一路闻到门口。

白马没有闻到马儿的气味，却有一种特别的味道引起它的注意，这种味道很陌生，却让它本能地紧张起来。闻到这种味道，它就开始往后撤。然而，出于好奇，它又忍不住偷偷往里看了看，想知道究竟是什么。突然，一个巨大的黑影冲着它扑过来，白马立即像闪电一般向后退了一下，然后发出洪亮的嘶鸣声，发疯一样冲了过去。扑过来的是一头黑熊，白马用力一冲，直接撞到了黑熊的肋骨，黑熊一个趔趄向后撞到了门柱上，大声尖叫起来。冲撞了黑熊后，白马又跑出一段距离才停下来，它甚至还没弄明白发生了什么。刚才那一撞，黑熊被撞断了好几根肋骨，但并不是致命伤，黑熊依然有打架的力气。现在，黑熊怒气冲冲，恶狠狠地向这个鲁莽的入侵者冲过来。白马这个时候对打架一点儿都不感兴趣，它还沉浸在空荡荡的木屋带来的沮丧中，被黑乎乎的马厩里这种神秘动物的袭击搞得莫名其妙，像个被妖怪吓坏还没回过神来的孩子。让白马害怕的不光是黑熊，这个地方的气氛都让它感到恐惧，它扬起蹄子拼命往前跑，穿过空地，沿着伐木工人们走过的路，一直跑进阴影密布的树林中。

白马跑出了好几公里，才减慢速度，又小跑了一会儿，才开始慢慢地行走。这条路比它之前走的那一条要宽很多，路边还长着低矮的青草，味道十分可口。白马吃了一些草，继续自在地赶路，它并没有在路上多耽搁，此时的白马似乎已经有了自己的目标，它沿着路不停地向前走。终于，太阳高高地挂在蓝蓝的天空中，古老的杉树的影子越来越短了，看上去也更加清晰。这时，树林忽然在它面前消失了，不远处有一片蔚蓝的海水，在太阳底下闪闪发光。吸引白马的不是美丽的大海，而是村庄，它看到了村庄！白马发现脚下的路越来越低，通过一片开阔的空地，再穿过一大片草场，沿着山坡上的牧场，一直通到一个小小的村庄。那里有许多白色的小房子聚在一起，看到房子的屋顶，白马感觉就像看到了家一样。

捕虫草的囚犯

　　这么长时间以来，白马一直饱受孤独的折磨，此时它加快步伐向村庄跑去，终于走近了一座教堂，这座小小的白色教堂看起来是那么亲切。不过，在教堂对面的草场上，它看到了几个让它觉得更亲切的身影。在一排栅栏的角落里，站着一匹红棕色的母马和一匹小马驹，此刻，它们正朝着白马跑来的方向看过来。白马立即扬起它的鬃毛和尾巴，兴奋地向它们发出问候，对方也立即做出表示欢迎的回应。白马听到后兴奋地冲过去，全然不顾栅栏的阻挡，跳跃着来到母马和小马驹身边。

　　傍晚的时候，村里一个皮肤晒得黝黑的法裔加拿大人打开栅栏，准备带着他的母马去喝水，却欣喜地发现，他竟然多了匹品种优良的白色骏马。这匹马也不知从哪里来的，坚持要他当主人，不停地用鼻子亲昵地蹭他，还像只小狗一样跟着他跑来跑去。

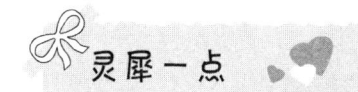

灵犀一点

　　白马经过艰苦的跋涉，终于找到了新的主人。功夫不负有心人，无论做什么事情，要想实现目标，都要肯勤奋努力，付出辛劳。

深海决斗

微信扫码
✓ 观看动物百科
✓ 加入话题讨论
还可以参与配音达人活动哦

捕虫草的囚犯

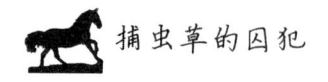

第一章　发现鲑鱼群

北极熊一边高高抬起它那黑黑的鼻子，用力呼吸着，想闻闻有什么特殊气味……

这条大河流入辽阔的大海，此刻虽然没有风，但是入海口这里依然不平静。从海里涌过来一股汹涌的波浪，波浪不停地起伏着，就像在狂热地跳舞。波浪的边缘呈现出银蓝色，在阳光下闪闪发亮。这股奇怪的海流向着河道流去，所过之处又很快恢复平静，在北极低悬的太阳下，闪耀着波澜不惊的光芒。

沿着平坦的河岸往下游走，会看到一头体形健硕的北极熊。北极熊小心翼翼地一路前行，躲避着被湍急的河流冲刷得参差不齐的冰层。北极熊的脑袋形状像蛇头一样，相对于庞大的身体，它的脑袋小得有点滑稽，稍稍往下垂着，小小的眼睛闪着冷静而敏锐的光，它密切地注视着冰层，看看上面有没有干死的鱼。北极熊一边行走，一边扭动着庞大的身躯。在这片高低不平的荒凉河岸上，这头北极熊是能够看到的不多的生物之一。

这头北极熊是雄性的，身体强壮，脾气暴躁、鲁莽。就像其他雄性同类一样，在北极漫长的冬天里，它的运气不佳，没有及时找到合适的藏身之处，也不能冬眠。

北极的冬天长达数月，极夜里有幽灵一般的北极光和冷到极致的寒风，这头北极熊只能到处游荡，不停地和饥饿抗争。幸运的是，它凭借强大的力量、健壮的身体，以及高超的捕猎技巧，顺利度过了漫长的冬天，迎来了春天，可以活着看到冰雪消融。

此刻，北极熊敏锐的耳朵听到一阵微弱的声音，这种声音似乎从海上传来。这时候海上没有风，这声音显然不是风声，听起来也非同寻常。北极熊一边高高抬起它那黑黑的鼻子，用力呼吸着，想闻闻有什么特殊气味，一边偷偷望向水中饱受波浪冲击的冰块。

很快，它就判断出这是什么声音了，原来是鲑鱼群来了！每年春天，大量的鲑鱼都会洄游，从海里回到故乡的河中。

北极熊好像一尊雕像，站着一动不动，它仔细观察着

捕虫草的囚犯

水面上银光闪闪的鲑鱼群。它不时可以看到一两条瘦长的鱼跃出水面,很快闪一下又落入水中,动作很急,好像在躲避什么敌人。这个鲑鱼群正朝着入海口游去,入海口两边是低矮的小岛。两座小岛都是裸露的岩石,大概相距有半公里,最近的小岛离岸边不到270米。北极熊弄清楚了鲑鱼群游走的路线以后,就立刻拼尽全力向下游跑去,它想跑到鱼群的前边。北极熊跑步的姿势看起来非常笨拙,跌跌撞撞,但是它的速度很快。北极熊一超过鲑鱼群,就立刻跳进水里向鲑鱼群游过去。北极熊的小脑袋和尖嘴巴这时候显出了优势,在水里阻力很小,游起来速度惊人,它游过的地方立刻在身体两旁留下两道泛着浪花的波浪。当北极熊到达鲑鱼群前方岩石小岛的时候,离着鲑鱼群还有四五十步远。它越过小岛,又滑到了水里,等待银光闪闪的鲑鱼群自己送上门来。

不知道为什么，鲑鱼群突然调转了方向，向着另一座小岛游去，它们准备游向另外一个出海口。北极熊本来就饿坏了，这时候两只小眼睛里立刻闪出凶光。北极熊以为鲑鱼群肯定是发现了它，毕竟，除了公海象，没有什么动物发现它后还敢大大咧咧地迎面靠近。其实，这不过是北极熊的猜想，急着赶路的鲑鱼群并没有留意到北极熊，完全是在繁殖季节的神秘本能驱动下前进。就算前面不是北极熊，而是一块岩石或者浮冰，对鲑鱼们来说也没有区别。鲑鱼们此刻精力充沛，心里只惦记着记忆中的河滩和小溪。鲑鱼群躲过了强大的敌人，这纯属巧合。鲑鱼为了繁衍后代而前进，永远不知疲倦，碰巧和近在咫尺的厄运之神开了个玩笑。

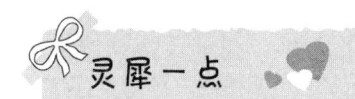

灵犀一点

北极熊虽然在北极的食物链中处于顶端，但是捕猎也不容易，它发现了洄游的鲑鱼群后非常兴奋。许多鱼类的洄游具有固定的周期，时间范围从每天到每年或更长，距离从几公里到几千公里不等。

捕虫草的囚犯

第二章 最独特的鲸鱼

这个奇怪的东西非常巨大,有些扭曲,伸出水面足足有一米高,然后又立刻缩了回去……

饥饿的北极熊不可能放弃即将到嘴边的食物,它大吼一声,向着鲑鱼群冲过去。潜在水中游泳的北极熊像海豹一样敏捷、迅速,等它追上了鲑鱼群,才慢慢接近水面,用力张开大嘴,伸出威力十足的前爪,在鲑鱼群中恣意攻击。北极熊的目标是赶在鲑鱼群游走之前,尽可能多地杀死猎物,这样就会有更多的鱼漂在水面上,它可以慢慢享用。

北极熊疯狂地攻击了几分钟,鲑鱼死伤惨重,周围的海水都被染成了红色。这时候,北极熊浮到水面上休息,冲在前面的鲑鱼仍然不停地从它身边游过,北极熊禁不住又发起进攻,有的鲑鱼在它的强烈攻势下几乎跳出水面。毕竟饥饿的感觉太难受,北极熊抓住一条很大的鲑鱼,一口咬穿了它的脊背,鲑鱼不再挣扎了。紧接着,北极熊把鲑鱼一口吞掉,继续跟着鲑鱼群往前游。

突然,在前方不足 3 米远的地方,一条巨大的鲑鱼好像从水里被横着抛来一样。这条鲑鱼在半空中扭动挣扎了一秒钟,又重重地沉下去,似乎陷进了一个巨大的漩涡。北极熊不明白这是怎么一回事,好奇地盯着前方,毕竟它以前从没见过这种情形。很显然,这条大鲑鱼不是自己跳起来的,而是被什么东西从水下狠狠抛起来,它才会在那一瞬间拼命挣扎。对于野生动物来说,任何未知的事物要么很有趣,要么很危险。强悍的北极熊从来不知道恐惧为何物，于是，它毫不犹豫地向着鲑鱼沉下去的地方游去。

不一会儿，更奇怪的事情出现了，将北极熊所有的注意力都吸引过去。在那条行为反常的鲑鱼落下的地方，出现了一根黄色的、长长的像矛一样的东西。这个奇怪的东西非常巨大，有些扭曲，伸出水面足足有一米高，然后又立刻缩了回去，长长的尖角上还沾着一层薄薄的血渍。这个长长的角就是神秘动物的致命武器，巨大的角突然又刺出水面，像是在示威，好像发现了有猛兽侵犯它的捕猎领地。北极熊这时候不仅感到好奇，还被深深地激怒了，它立刻向着前方游过去。几秒钟后，北极熊的愤怒进一步升级了，神秘的动物把水搅得一片浑浊，它完全看不清水里的情况，只好潜下去，潜到鲑鱼群和被血染红的海水下面，想看清楚对方究竟是何方神圣。不管对方是什么，北极熊都决定一定要杀死它，它可不想和别的动物分享这些鲜美的鲑鱼。

与此同时，在鲑鱼群最下方更深的海水里，一个皮肤苍白、外形很像鱼的庞然大物正慢慢地游过来。这家伙长得和海豚有几分相似，脑袋大大的，还长着十分强健有力的尾鳍。很明显，这是鲸类的一种。这个家伙体形庞大，长度足足有4.5米，与其他鲸类相比，它有一个显著的独特之处——它的上颚长着一根又大又长的东西，既像角，又像獠牙，颜色呈现黄色。这就是最独特的鲸鱼——独角鲸。

外形古怪的独角鲸一次又一次地向上冲撞，冲到鲑鱼群中，用它尖尖的长牙刺穿了几条个头很大的鲑鱼，然后来回晃动它的尖牙，又杀死一大片体形较小的鲑鱼。有时候，它还会张开大嘴，将周围刚杀死的鲑鱼直接吞下去。独角鲸这时候肚子并不怎么饿，刚刚吃掉的鱼，足够填饱它的肚子了。独角鲸毫不留情地继续杀戮，它想杀死更多的鲑鱼，等鱼群离开之后，还有很多食物留下来。

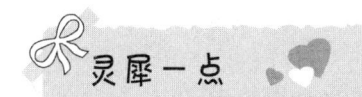

灵犀一点

独角鲸生活在北极的深海领域，这种身材并不大的鲸竟然长着长达二三米的牙齿，这种海洋哺乳动物的长牙究竟有什么用处呢？科学家们对此莫衷一是，我们正等待最新科学研究成果的出现。

第三章　殊死搏斗

北极熊也重新找回了自信，充满了战斗的激情，眼睛里再一次燃烧起熊熊怒火……

北极熊是游泳能手，它就像海獭一样在水下活动自如。当它终于看清了这个庞然大物的面目时，立刻勃然大怒，像一只凶猛的貂一样猛冲过去，袭击了毫无防备的独角鲸，向它背上的两片鳍之间重重一击。北极熊的前掌十分有力，爪子像匕首一样锋利，立刻在独角鲸身上划出两道深深的伤口，深红色的血马上染红了周围的海水。独角鲸的身上包裹着厚厚的脂肪，这两道伤并没有伤到要害，反而让独角鲸立刻气急败坏，它甩起大尾巴狠狠地回击。这个海中的猛兽这次真的被激怒了。

北极熊不是只知道横冲直撞的家伙，它虽然既莽撞又高傲，却也知道动脑思考。北极熊一开始把独角鲸当成了海豹，有点瞧不上这个对手，但它并没有小瞧对方头上又尖又危险的长牙。北极熊没有给对手缓冲的时间，立刻再次发起进攻，成功地在独角鲸的右鳍上留下一道伤口。这时，北极熊意识到，几次猛烈的袭击之后，它体内的氧气有些不够用了，于是，它立即冲向水面换气。

换气占用了一点儿时间，而且一浮到水面上，北极熊就意识到了自己的危险处境，只好马上又潜到水下，想夺回优势地位。在向水下潜的时候，北极熊本能地朝一侧扭动了一下身体。如果没有这救命的一扭，很可能当时就丧命了，因为独角鲸的尖牙会狠狠刺穿它的心脏。由于北极熊扭向了一旁，全力进攻的独角鲸刺了个空。北极熊感觉到，有几条鲑鱼在独角鲸的冲力下，从它的面前被飞速卷了上去，高高地抛向空中。锋利的尖牙紧挨着北极熊的脖子刺过，紧接着，一个巨大的黑色身影撞到了它的胸膛上，它被撞得晕头转向。北极熊拼命地又抓又咬，再一次回到水面上，虽然它只能盲目攻击，其中一击却正巧打在独角鲸的一只眼睛上，把那只眼睛打瞎了。

北极熊把小脑袋探出水面，大口喘着粗气。它拼命往上游，不停地吸气，现在它完全明白对手是多么危险了，它很清楚，自己在水面上多待一秒，致命的危险就增加一分。北极熊的肺部遭受了重创，吸进去的气无法很快到达肺里，于是，北极熊一边把鼻子伸出水面继续吸气，一边充满向往地望着远方。它的眼睛越过洄游的鲑鱼群，越过远处平静的水面，望向岸边正在融化、脏兮兮的冰原。这一刻，北极熊多么希望自己能回到那里。终于，它吸入了足够的氧气，肺部又恢复了功能，同时，北极熊也重新找回了自信，充满了战斗的激情，眼睛里再一次燃烧起熊熊怒火。北极熊猛地转过身来，宽大强壮的肩膀把四周的水搅成了漩涡，把20多条鲑鱼一起卷起来，它们互相冲撞得七零八落。北极熊俯下身子，再次潜到水下，继续刚才的战斗。

这场战斗中，独角鲸伤得不轻，它的一只眼睛瞎了，脑袋上留下了深深的伤口，出气孔上方的软骨也被北极熊咬伤了，这些伤痛让它一时反应不过来。独角鲸毕竟也是个狠角色，它不会轻易屈服，浑身的伤痛只会加剧它的愤怒。独角鲸以前从没遇到过这么强悍的对手，抹香鲸是当之无愧的海中霸主，但它们从来不到寒冷的北极来，独角鲸当然也就没有碰到过。在鲸鱼家族中，须鲸也很厉害，独角鲸却很瞧不上它，甚至曾经在大须鲸的眼皮底下猎杀过它的幼崽呢！另外，独角鲸利用它长长的尖牙，可以一下子刺穿海豹，有一次，它甚至杀死过一头海象。独角鲸既有锋利的武器，又有敏捷的动作和强大的力量，在这片冷冰冰、闪着寒光的水世界里，它从来没有向谁屈服过，甚至以为自己就是这里的霸主。

这一次，独角鲸身负重伤，疼痛让它一时回不过神来，就垂直向上游去，游到了鲑鱼群下方。这时候，疼痛稍缓解一些，独角鲸立刻恢复了机警，用那只没有失明的眼睛怒气冲冲地望向四周，寻找北极熊的踪影。

一开始，它还不适应用一只眼睛看东西，没有找到北极熊。不过，当它向上看去的时候，很快就透过银蓝色的鱼群，锁定了北极熊那白色的身影，它正在不远处的水面上游动。独角鲸倾斜着身体，急速向上冲去，穿过被北极熊搅得混沌不清的漩涡，朝对方冲过去，快得就像一条向蜉蝣发起进攻的鳟鱼。

北极熊正把脑袋压得低低的，弓起腰部，准备潜入水下，突然左侧身体遭到重重一击，感觉好像一块石头从河底飞起来击中了它，它的半边身体被迅速推出了水面。由于独角鲸是用一只眼瞄准的，所以打歪了，它虽然刺到了北极熊，却没有伤到重要器官，而是斜着向上刺去，刺到了北极熊的侧面。独角鲸刺到北极熊最上面的两根肋骨中间皮毛以下的地方，又从肩膀穿过去，露出一小截尖牙。

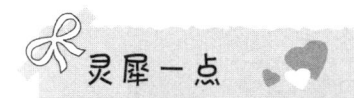

灵犀一点

海洋深处，北极熊和独角鲸展开了殊死搏斗，它们都是为了争夺食物，为了生存的需要。自然界中动物之间的争斗很残酷，这也是动物的本性。

一起来揭秘动物大百科吧！

第四章　最后的胜利

接下来,北极熊一圈又一圈地游着,仍然沉浸在战斗的激情中,还没有平静下来……

独角鲸自以为已经给了对手最致命的一击,这应该也是最后一击,战斗该结束了,于是,它转身向下潜去,准备把尖牙从北极熊的身体里抽出来。它有力的大尾巴使劲儿一甩,搅动起很大的漩涡,可就在这时,它却发现自己陷入了危险的境地。北极熊这时候疼得要命,已经气疯了,它准备将独角鲸的整个脑袋拽起来抓住。

北极熊拼命地撕咬着,四只熊爪同时发起进攻,很快就给独角鲸的头部造成了重创。独角鲸也疯狂地摆动着身体,试图摆脱北极熊的攻击,结果却是徒劳的。终于,独角鲸沉了下去,一直沉到水底,而北极熊仍然死死地趴在它的头上。当独角鲸感觉到了水底坚实的地面时,它的身体弯成了弓形,然后猛地绷直,力量非常大。这时,它的尖牙终于摆脱了敌人,北极熊也摆脱了身上的束缚。独角鲸重重地倒向一旁,震起一个很大的漩涡,向水面卷过去,把鲑鱼们卷得晕头转向。独角鲸伤势很重,它瞎了眼睛,喉咙被抓破,正在流血。于是,它痛苦地躺在水底呻吟了几分钟后,就不再动弹了。

北极熊抬起身,追赶着鲑鱼群,它一浮到水面上就开始剧烈地咳嗽起来。有很长一段时间,除了挣扎着让自己浮在水面上呼吸,它根本没有力气做别的事。

接下来,北极熊一圈又一圈地游着,仍然沉浸在战斗的激情中,还没有平静下来。过了好一会儿,北极熊才回过神来,觉得就算现在再打上一架,也有勇气和力量。北极熊再次向水下潜去,它已经做好了战斗准备,认为独角鲸的尖牙随时可能冲着它刺过来，自己需要集中精力去应付对方的攻击。北极熊透过闪闪发光的鲑鱼群向下窥探，发现对手那模模糊糊的身影，正躺在水底，一动不动。很显然，现在的独角鲸已经没什么可怕的了，似乎仅仅随着水波轻轻晃动而已。北极熊已经大获全胜，又回到了水面上。

　　北极熊高高地抬起头，探出水面，它扫视了一下四周寂静、空旷的世界，看不到任何敌人。在这里，它已经没有对手了。北极熊虽然累坏了，但是仍然有力气捕食几条游过身边的鲑鱼，好让自己更快地恢复体力。然后，北极熊嘴里叼着丰硕的战利品，慢慢地向岸边的岩石游去。终于上岸了，它静静地躺下来，舔舐着身上的伤口，虽然胜利了，北极熊还是有点闷闷不乐。

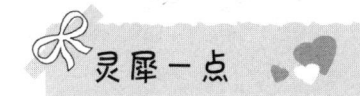

灵犀一点

　　北极熊取得了最后的胜利，但它也付出了惨重的代价。作为人类，应该有发自内心的慈悲，当别人痛苦的时候，我们要理解并给予帮助。

地洞里的小暴君

微信扫码
✓ 观看动物百科
✓ 加入话题讨论
还可以参与配音达人活动哦

捕虫草的囚犯

第一章　凶恶的小家伙

鼩鼱反应很迅速，就好像提前知道危险降临一样，它把尾巴和后腿迅速收起来钻进土里……

一只小动物来到一片树林边，它找到了一小片嫩绿柔软的草地。它停下来，把长长的鼻子伸进草里，闻到了小草浓郁的清香，以及湿润的泥土散发的味道。不过，这都不是它喜欢的味道。

小家伙有点失去耐心了，它急急忙忙地向一边继续寻找，东嗅嗅，西看看，探寻了 30 厘米左右，终于发现了比青草和泥土更符合它口味的东西。它立刻使劲儿往下挖，把缠成一团的草根都咬断了，并不停地用它有力的小前爪扒开泥土。只过了几秒钟，它就挖出一条乳白色的虫子，大约 5 厘米长，肉乎乎的，长着铜黄色的脑袋。虫子徒劳地挣扎了一会儿，还是被小动物吃掉了。这个小家伙吃虫子的时候狼吞虎咽，尖尖的嘴巴剧烈地抖动，看起来非常凶猛。

这只小动物大约15厘米长，身体很结实，长着一条短短的尾巴，四条腿也是短短的，却十分强壮有力。它浑身的皮毛油光发亮，颜色是铅灰色。如果不仔细看，还以为这个凶恶的小家伙是一只普通的鼹鼠呢！如果麻雀、老鼠、蜥蜴等小动物粗心大意，把它当成了鼹鼠，那可就有生命危险了。这个凶恶的小家伙可不是普通的鼹鼠，而是一只鼩鼱。鼩鼱是一种捕食能力极强的食肉动物，别看它个头不大，它的凶猛强悍即使与貂相比也毫不逊色。

鼩鼱吃了一条大白虫，还是没吃饱，于是，它继续一路挖下去。敏锐的鼻子告诉它，就在不远的地方，土里有更多肥肥的肉虫、蚯蚓和又呆又胖的五月金龟子。只过了几秒钟，鼩鼱就只有后半截身体露在草地上了。鼩鼱挖地的速度很快，紧接着，就只有半截短短的尾巴和快速挖掘的后腿露在外面了。这时候，天空中出现了一个巨大的身影，嗖地一下飞到鼩鼱的头顶上，遮住了阳光。这是一只饥饿的沼泽鹰，朝着鼩鼱箭一般直冲下来，想用锋利的鹰爪抓住它。鼩鼱反应很迅速，就好像提前知道危险降临一样，它把尾巴和后腿迅速收起来钻进土里。鹰爪非常有

捕虫草的囚犯

力,将许多草连根拔起,泥土也被翻起来,却只抓到了洞口的一把土。老鹰再次起飞,重新飞到草地上空。

鼩鼱险些成了老鹰的食物,它也很害怕。等它从惊恐中回过神来,又继续打洞。鼩鼱把洞挖在草根的下方,离地表很近,这里各种虫子的数量都很多。碰到不好挖的地方,它会在旁边往深处挖3厘米左右绕过去。不过一般情况下,鼩鼱挖的洞都离地表很近,地面上的任何动静,都会让它头顶那层薄薄的土发生震动。它挖洞的时候挖出来的土,也不会堆在后边,而是堆到洞的两边或者头顶上,打得实实的,这样挖好的洞也会很结实。另外,鼩鼱挖的洞总是蜿蜒曲折,每一段都有不同的气味,这样做是为了便于寻找猎物,而不会让一种猎物的气味充满整个地洞。

地底下一片漆黑,鼩鼱却并不觉得憋闷,因为它的眼睛紧紧地闭起来了，看不到周围厚厚的泥土。当然，它也不能像在地面上那样自由舒展。不管怎么说，黑漆漆的地下，厚厚的泥土，对鼩鼱的影响并不大，它的鼻子异常灵敏，已经代替了眼睛和耳朵等器官，它的鼻子就像能看、能听一样。如果四周过于狭窄，鼩鼱就会花几秒钟的时间把地洞拓宽一下。鼩鼱在地底下挖出的世界虽不宽敞，但是它已经心满意足了。鼩鼱总能透过几厘米的土壤，嗅到蚯蚓或者肉虫的气味，然后向着那个方向快速挖过去，抓住猎物，在黑暗中兴高采烈地吃掉。

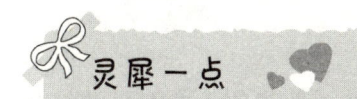

灵犀一点

鼩鼱（qú jīng）靠吃蚯蚓、昆虫等为生，它的天敌是猫头鹰和蛇等。鼩鼱约有20属200余种，除极地、大洋洲和一些大洋岛屿外，各大陆均有分布，其中的小鼩鼱与细鼩鼱是世界上最小的哺乳动物，体重仅1~5克。

捕虫草的囚犯

第二章　倒霉的草地之旅

又挖了大约半分钟，鼩鼱觉得头顶上忽然透进了新鲜的空气，然后又发现有光照进来……

鼩鼱在黑暗中挖掘着，突然，前边的土竟然自动裂开了，灵敏的鼻子告诉它：它来到了另一个地洞里。这个洞比它的那个要大一些，洞比自己的大，一般意味着主人要比自己强悍，最好还是躲着点。不过，鼩鼱生性勇敢，不喜欢退缩。它毫不犹豫地加快速度刨过去，很快就来到了这个新洞。来到这个洞里，也许要和主人打一架，也许能找到很多虫子吃，至于到底要面对什么，全靠运气了。

鼩鼱在这个新发现的洞里探索着，动作匆忙而鲁莽，却也不敢粗心大意。它的鼻子再次发挥作用，判断出这里的主人是一只鼹鼠，但最近没在洞里出现过。事实上，鼩鼩鼱刚才错过了一条地洞支线的入口,而地洞的主人鼹鼠,早就从那里一边挖土一边走了,根本不知道别的动物从主线进了它的洞。这时候,鼩鼱停下来,稍微犹豫了一会儿,它决定继续向前挖,看看究竟是什么情况。又挖了大约半分钟,鼩鼱觉得头顶上忽然透进了新鲜的空气,然后又发现有光照进来。原来,它已经从地洞的出口来到了地面,这个出口,是鼹鼠挖洞的时候用来倒土的。

这趟地底之旅也很辛苦,鼩鼱有点受够了,它把脑袋从洞口伸出来,望了望周围绿色的草地。这片草地旁边有一堆石头,既能很好地掩护自己,又能方便自己捕猎。于是,鼩鼱赶紧抖掉脸上和胡须上的土,钻出来,跑到了石堆那里,又开始寻找最近的缝隙。

在石堆的一块铅灰色石头上,落着一只红黑相间的漂亮蝴蝶,它正在阳光下轻轻扑扇着翅膀。天气晴朗,万里无云,蝴蝶鲜艳的颜色在太阳底下非常引人注目,当然也吸引了鼩鼱。

鼩鼱从石头下方跑出来,忽然发起攻击,它纵身一跳,想要抓住蝴蝶。这只漂亮的蝴蝶其实很机警,它及时发现了危险,马上飞了起来。蝴蝶那一对大翅膀带着轻盈的身躯,很快飞到了半空中,它在鼩鼱的上方盘旋着,打算在附近再找个安全一点的地方落下来。鼩鼱虽然跳得很

捕虫草的囚犯

高，但还是扑了空，这次失败让它感到很沮丧。

鼩鼱离开石堆，跑到了篱笆附近，它用鼻子仔细嗅着草丛根部的每一寸土地，看看周围有没有什么动物的洞穴。它与篱笆保持 30 厘米左右的距离，沿着平行的路线向前搜寻，却一无所获。相反，附近有一只鸟发现了鼩鼱，这只鸟的确有一个窝，不过在高高的树上，鼩鼱可找不到。鸟忽闪着翅膀忽然冲下来袭击鼩鼱，然后用尖尖的鸟嘴不停地啄它，看样子特别生气。鼩鼱固执地站在原地，紧皱起鼻子，扑来跳去，向着攻击它的鸟反扑。这么折腾了一阵子，鼩鼱终于意识到，在这个动作敏捷的敌人面前，自己占不到便宜，这才开始撤退，跑到了篱笆下边。鼩鼱并没有受伤,也没有感觉很害怕,只是这样临阵脱逃太窝囊,它心情变得很差。

自从鼩鼱来到草地上,运气就不好,倒霉事接二连三地发生。于是,它打算再次回到地洞里,它又想起了先前发现的鼹鼠洞。鼩鼱沿着篱笆,又匆匆回到了石头堆那里,地洞的入口就在附近。鼩鼱准备对石堆进行最后一次探索,看看能不能找到食物。就在这时,一股强烈的气味飘过来,鼩鼱立刻停下来,紧紧缩成一团。同时,一只体形瘦长的棕黄色动物从石头堆里冒出来,快速看了一眼鼩鼱,就像蛇一样迅速攻击过来。鼩鼱吓了一跳,立即高高跳起来,闪到洞口,一瞬间就消失了。棕黄色的动物是一只黄鼠狼,虽然它动作也很快,但还是迟了一步。黄鼠狼把尖尖的三角形脑袋伸进洞里,但身体怎么也没办法钻进去,只好放弃了。

这一次,鼩鼱吓得够呛,不过它并没有被打垮,也没有被吓倒。它坚定地认为:黄鼠狼个头太大,根本钻不进来。这时候,它把泥土刨到一边,转身直面敌人。鼩鼱躲在小小的空间里,黄鼠狼根本没有办法。看到洞口又出现了亮光,鼩鼱知道黄鼠狼已经离开,它终于放下心来,不过仍然满腔怒火。鼩鼱索性再次转身,快速地在地洞里穿梭,专心寻找食物,用这种方式释放一下内心的愤怒。

捕虫草的囚犯

灵犀一点

鼩鼱来到草地上,遭受了多次失败,它却没有被打垮。对于人类来说,在实现理想的道路上,难免会碰到困难和挫折,对于那些不惧挫折、愈挫愈勇的人来说,挫折是促使他们前进的动力。

微信扫一扫
一起来揭秘动物大百科吧!

第三章　霸占地洞

鼹鼠身子向后一缩,准备逃跑,就在这时,鼩鼱咬住了它的喉咙……

地洞的主人鼹鼠结束探险之旅,回来了。鼹鼠一回到鼩鼱走过的岔路口,立刻闻到了入侵者浓烈的气味。鼹鼠的鼻子也很灵敏,它用力嗅了嗅,有点生气,但马上警觉起来。这时候,它已经知道是怎么回事了。鼹鼠的视力不好,在地面上相当于半个盲人,但在黑漆漆的地下,凭着灵敏的鼻子也能了解身边的情况。鼹鼠知道,一只鼩鼱不久前刚刚从这里经过,但它不知道这个入侵者又回来了。犹豫了一会儿,鼹鼠爬到了主洞里,它瘦长的圆柱形身躯朝着地洞出口走去。鼹鼠行动起来又慢又笨拙,鼹鼠的两条前腿分得很开,分别位于身体两侧,像鱼鳍一样。这样的前爪很擅长挖洞，但特别不利于行动，因此鼹鼠行动起来又慢又笨拙。

鼹鼠走出去还没多远，就再次闻到入侵者浓烈的气味。这股气味很新鲜，甚至还是温热的，它判断出：鼩鼱就在很近的地方。于是，鼹鼠拉长了柔软的身体，打算以最快的速度向后退，就在鼹鼠拼命转身时，鼩鼱向它攻击过来，开始咬它毫无防备的侧身。

鼹鼠也有比较强的攻击能力，而且个头比鼩鼱大，体重也比鼩鼱重一些。鼹鼠知道逃跑已经无望，身上又受了伤，疼痛得厉害，决定全身心地投入战斗，于是拼尽全力攻击这个比它小一号的对手。洞里非常狭窄，又黑漆漆的，憋闷得很，并不是打斗的好场地。这一架打得无声无息，就连头顶上草根里的蜘蛛都听不到这里的声音。地洞上方，薄薄的土微微震动，草也跟着轻轻摇摆，似乎暗示着下面正进行着一场激烈的争斗。但是，就连飞得很低的沼泽鹰，也对神秘的地下世界的这场冲突一无所知。

接下来几分钟，鼹鼠打得不错，可是鼩鼱突然发起更猛烈的攻击，把它吓坏了。鼹鼠身子向后一缩，准备逃跑，就在这时，鼩鼱咬住了它的喉咙。一瞬间，战斗结束了，鼩鼱终于享受到了它期盼已久的猎物。

获胜的鼩鼱就像一个小小的勇士，吃饱以后，有些昏昏欲睡，它还是坚持沿着地洞又往前走了几米，一直走到与它自己的地洞连接的地方。这可是个很有优势的位置，两边都有出口，于是，鼩鼱立即动手，挖出一个小小的房间，这样就可以在里面好好休息了。鼩鼱霸占了鼹鼠的地洞，两个地洞都属于它了！在刚挖出的新房间里，鼩鼱花了一两分钟的时间舔舐伤口，然后用两只像人手一样的小前爪仔细擦擦脸。在这里，它感到非常安全，很快就睡着了。它敏锐的鼻子则像卧室门口的哨兵一样，时刻警惕着周围的情况。

灵犀一点

辛勤的劳动所获，才是真正的劳动成果，不劳而获是令人讨厌的行为。鼩鼱在战斗中很勇敢，但霸占别人的地盘，毕竟是令人不齿的行为。

第四章 战胜黑蛇

目前的战况对鼩鼱来说有很大优势,它绝不会轻易放弃,它死死地抓着洞口不放……

鼩鼱熟睡的时候,它头顶地面上的草地里,一出好戏正在拉开序幕。在这出戏里,喜剧和悲剧精彩呈现,可以说是生死悲欢不断交织。其实,在自然界中,这不过是夏季草地上再普通不过的一幕。

在这片草地和草地的上空,有很多小昆虫。一条长长的、光滑的棕色身影正悄无声息地在草地上穿行,它长长的身体一边前进,一边弯曲成S形,动作迅速地晃动着小脑袋,嘴里吐出一条分叉的舌头,不停地快速伸缩着。这是一条蛇,它的身体大概有人的大拇指那么粗,背上长着清晰的网状花纹。这条蛇正在草丛中漫无目的地爬来爬去，顺便看看周围有没有什么小动物出没。这时候，它发现了鼩鼱刚刚挖好不久的地洞入口，就立刻停了下来。蛇的小眼睛死死地盯着洞口，脑袋向里面探去，有那么几秒钟，它一动不动。停顿了一会儿，它慢慢地滑进了地洞里。

这条蛇尽管颜色是棕色，但是它的名字却叫黑蛇。黑蛇尤其喜欢吃鼹鼠和鼩鼱一类的动物，虽然鼩鼱的肉又糙又硬，它却毫不在意。黑蛇的消化系统非常强大，可以很轻松地消化掉一切食物，根本不管食物的软硬。根据以往的经验，黑蛇知道鼩鼱并不是很容易对付的猎物，捕猎的时候，双方很可能要经过一场搏斗。以前，黑蛇从没在地洞里捕猎过鼩鼱。在地洞里，黑蛇无法任意摆动、卷曲它

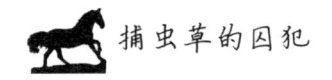

的身体来攻击鼩鼱。进入洞口的时候，黑蛇很自信，以为自己会很容易捕到猎物，饱饱地吃一顿，然后再美美地睡一觉，以帮助消化。

当黑蛇沿着地洞里的隧道前行的时候，它的行动弄出了一阵沉闷的响声。这声音不大，却和它身上的气味一样特殊，黑蛇还没和鼩鼱相遇，它的声音和气味已经传到了鼩鼱睡觉的地方。鼩鼱立刻醒过来，其实，所有在野外生活的动物都会如此。同时，鼩鼱也立即感受到巨大的危险来临了，逃跑已经没有机会，只能奋起反抗。就算有机会，鼩鼱也不会逃跑，本来睡得好好的，忽然被打扰，这让本来就性情暴躁的鼩鼱非常愤怒，何况它是久经沙场的老手了，具备与黑蛇周旋、斗争的勇气与经验。鼩鼱完全明白，在地洞里，它占有不少优势。当黑蛇的脑袋悄悄滑过洞口时，鼩鼱忽然冲了出去，用它那长长的、锋利的牙齿，狠狠地咬住了黑蛇的脖子后面。

这时候，鼩鼱占了上风，而且还要将优势保持下去。它紧紧地咬住黑蛇不放，就像一只斗牛犬一样，随着时间一分一秒地过去，它越咬越深。狭窄的空间极大地限制了黑蛇的战斗力，它既不能卷曲身体，也不能用尾巴攻击。黑蛇只好忍着剧痛，一边使劲儿扭动、翻滚，一边继续向前爬，想把对手拖进洞穴更深的地方。如果能爬到更宽敞的地方，黑蛇就可以大展身手了。目前的战况对鼩鼱来说有很大优势，它绝不会轻易放弃，它死死地抓着洞口不放，同时一直死死地咬住黑蛇的脖子。最后，它终于发现了黑蛇的脊柱位置，干脆一口咬穿。黑蛇又痛苦地扭动着挣扎了一会儿，就一动不动了。

鼩鼱虽然胜利了，但它还不敢相信，自己竟然这么快战胜了强大的对手。黑蛇已经不再抵抗了，它还是继续咬着，担心对方会反攻。过了好一会儿，蛇头都被它咬下来了，鼩鼱才确信，自己真的战胜了黑蛇。现在彻底安全了，它又回到卧室，继续睡起来。

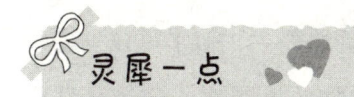

灵犀一点

黑蛇本来具有强大的实力，但在地洞里发挥不出优势，被鼩鼱杀死了。每一种野生动物都有独特的生存本领，只有靠这些独特的本领，它们才能在残酷的自然界中生存下来。我们立身处世，也要掌握一技之长，做一个对集体、对社会有用的人。

捕虫草的囚犯

第五章　小暴君的毁灭

红狐狸把鼻子贴到地面上，小心翼翼地闻了闻，很快确定了猎物的位置……

鼩鼱总算正式当上了地洞里的霸主，似乎可以安安稳稳地睡一觉了。可是在野生动物的世界里，命运是残酷的。就在这时候，一只红狐狸沿着草场的栅栏一路小跑过来，它好像正在赶路。狐狸准备横穿这片草场，因此它并没有理会栅栏，而是继续前进。红狐狸正向前跑着，它灵敏的鼻子偏偏闻到了地面下正在熟睡的鼩鼱的气味。

地洞上面的"天花板"不到两厘米厚，鼩鼱的气味穿过草根和土壤，依然非常浓烈。鼩鼱并不好吃，但是很多时候，饥饿不允许红狐狸挑食。如果大自然此刻眷顾一下它的胃口，红狐狸更喜欢吃野兔和松鸡。不过它很久没找

地洞里的小暴君

到食物了，也就不介意对鼩鼱下手。红狐狸把鼻子贴到地面上，小心翼翼地闻了闻，很快确定了猎物的位置，然后立即跳过去，迫不及待地刨起来。狐狸的指甲长长的，前爪十分有力，一转眼就把洞挖开了。很快，鼩鼱就被刨出来，暴露在阳光下，它被太阳晒得睁不开眼睛，还没等鼩鼱回过神来，甚至没等它落到草地上，就被一张有力的嘴叼起来。红狐狸毫不迟疑，叼起猎物跑向山的另一边，它的窝就在那里。

太阳光照着被刨开的地洞，不一会儿，就有许多飞虫和甲虫凑过来，黑蛇的尸体就成了虫子们的盛宴。很快，这里就被虫子们打扫干净了，曾经发生的战斗和厮杀，没有留下任何痕迹。大自然是残酷的，很多故事的结局都是

捕虫草的囚犯

悲剧。同时,大自然也很擅长掩盖痕迹,所有的血腥杀戮很快就消弭于无形,一切恢复了平静,重新开始上演新的悲喜剧。

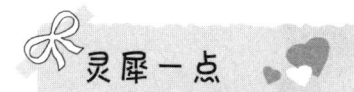

灵犀一点

鼩鼱被红狐狸吃掉了,食肉动物不是吃掉别的动物,就是被别的动物吃掉。野生动物的世界生存非常残酷,不像人类世界充满温情和爱。

鲑鱼历险记

微信扫码
☑ 观看动物百科
☑ 加入话题讨论
还可以参与配音达人活动哦

捕虫草的囚犯

第一章 鲑鱼的诞生地

成功发育成鱼形胚胎后,它们开始从藏身的鹅卵石下游出来探险,开始挑战湍急的溪流……

魁戴维克是位于加拿大魁北克省的一个峡谷,这里有很多溪流。沙堤上的碎石被溪水冲刷得干干净净,在阳光下闪闪发光。沙堤中间有一处小水坑,一颗小小的魁戴维克鲑鱼卵正在孵化。几个月以来,它一直静静地躺在这里,周围还有其他数以千计的鲑鱼卵。

这里从没受过什么污染,溪水清澈而冰冷,昼夜不息地从鲑鱼卵旁边流过。整个秋天,这条宽阔的溪流不停地流淌,两岸那毫无遮蔽的浅滩,始终沐浴在荒野的阳光下。这里的空气令人神清气爽,源源不断的泉水不停地涌入溪流,在明媚的阳光下,溪水流淌得似乎更有活力了。

这时候，北方的寒冷已经席卷了峡谷地势较高的地方，可是却冻不住这里的涓涓溪水。等到霜冻降临，经过几个无风的夜晚，彻夜的寒冷终于征服了溪流，溪流上结了一层透明的冰。冰覆盖在小溪上，虽然还不太厚，却如钢铁一般坚硬，就像一副盔甲。雪也很快覆盖了小溪，就像一顶白色的斗篷。正午时分，阳光会透过积雪和这层冰做的盔甲照在溪水上，反射出粼粼波光，透出一种神秘的蓝色。

在魁戴维克峡谷南部大支流的沙堤上，雌鲑鱼清理出一些圆形的碎石洼来产卵。几公里之外，有一个不算大的冷泉湖，是这条河的源头。南部大支流经过的地方有很多较深的水洼，河里的碎石均匀地铺满河床，河水清澈见底，温度低而且变化不大，这些条件都很适合鲑鱼繁殖。此外，由于位置偏僻，在这里产卵更安全，鲑鱼能避开捕食者的攻击。整个产卵过程中，只有一个较大的障碍，那就是瀑布。瀑布倾泻直下，有 4 米高，紧接着又经过一些落差稍低的陡坡和陡坡之间的水塘，继续向下流过 1 公里的距离，水流才平缓了。这些瀑布落差并不太高，体力好、精力充沛的鲑鱼不用太费力就可以逆流而上，翻越过去。那些身体较弱的鲑鱼就会被无情地淘汰，从来没有一条弱小的鲑鱼可以成功到达瀑布顶点。在南部大支流出生的鲑鱼大都健康强壮，长着长长的鱼鳍，有高超的游泳技术，属于鲑鱼中的优良品种。

当碎石洼中成千上万的鲑鱼卵同时开始孵化的时候，春天已经来了，溪流上的冰融化了，溪水在阳光下欢快地歌唱。碎石洼比较深，可以保护圆溜溜的鱼卵不被冲走。鲑鱼卵中的胚胎虽然非常小，但它们以惊人的速度吸收着鱼卵囊液中的能量，很快就有了鱼的形状。这些鱼形物小到肉眼根本看不见，形态却非常完整。成功发育成鱼形胚胎后，它们开始从藏身的鹅卵石下游出来探险，开始挑战湍急的溪流，向着河岸边较浅的地方游去。在这里，面临的危险还比较少。

前面提到的那枚小小的魁戴维克鲑鱼卵就是故事的主人公，它是第一批孵化的卵之一，现在它还没有名字，我们暂时叫它小鲑鱼吧！第一批卵孵化出了几千条小鲑鱼，它们吸取了足够的能量，开始从嘈杂的沙堤向着岸边游去。和小鲑鱼一起冒险的小伙伴大约有二十几个，水流往往会把它们冲回小水坑，但它们总会大胆地进行一次又一次的尝试。一条正饿着肚子的鳟鱼游了过来，它看上去非常凶悍，逆着水流朝着小鲑鱼们猛冲。不过，小鲑鱼和伙伴们还算幸运，因为数量少，又比较分散，才躲过了鳟鱼的攻击。小鲑鱼们还是被忽然出现的巨大阴影吓坏了，纷纷躲进了碎石之间，很长时间都不敢出来。

灵犀一点

　　鲑鱼是深海鱼类的一种，也是一种非常有名的溯河洄游鱼类，它们的味觉很好，人们通常认为鲑鱼就是靠味觉从海洋重新游回到它们原来的出生地，这往往要逆流而上，经过很多障碍。在人生的道路上，我们也要学习鲑鱼洄游的精神，向着人生目标，坚定不移地前进，不屈不挠，百折不回。

捕虫草的囚犯

第二章 开启冒险之旅

即使经过深思熟虑,终于找到了水深合适的藏身处,小鲑鱼和伙伴们仍然面临着其他危险……

等小鲑鱼终于再次出动去探险的时候,发现身边的小伙伴更多了。几百条小小的鲑鱼离开了安全的水洼,一起向着岸边游去。在小鲑鱼随着这个毫无防御能力的新生鱼群前进的时候,它看到几个对它来说非常庞大的身影,正在鲑鱼们的上方忽上忽下地移动,每次都贪婪地捉走两三条鲑鱼。幸亏小鲑鱼反应迅速,否则也会葬身敌人贪得无厌的大嘴巴,有好几次,它快被捉住的时候,奋力向前一冲才逃脱了。其实,小鲑鱼眼里的庞然大物不过是几厘米长的小红鳍鱼而已。用不了多久,等小鲑鱼长大一些,就不会把小红鳍鱼放在眼里了,甚至会把小红鳍鱼当成它们的猎物。

小鲑鱼比它的小伙伴们发育得更好，游泳速度也更快，算是同类中的佼佼者。现在，它已经领先小伙伴们30厘米左右的距离了，幸运地躲过了一次更危险的攻击。突然，一个比凶悍的鳟鱼还要可怕的东西出现在鲑鱼群的上方。小鲑鱼嗖地一下躲到了一块石头底下。它看到在鱼群最密集的地方，一个体形巨大的家伙懒洋洋地张开了大嘴。

这个怪物的大嘴迅速膨胀、收缩，看起来就像正常的嘴外翻过来一样，贪婪地吸走了挣扎的小鱼。有些小鱼甚至已经躲到碎石下面，还是被怪物吸了出来。来自同一个碎石洼的几百条鲑鱼，刚刚开始第一次旅行，就剩下不到60条了，它们跟随着打头阵的小鲑鱼，来到水浅一些的地方。在这里，小鲑鱼们终于躲开了那个巨大的会吸走小鱼的怪物。

靠近岸边的小石子中间，水深连3厘米都不到，那些贪婪的红鳍鱼不会冒险来这里，但这里仍然有很多敌人。小鲑鱼比小伙伴们早孵化一个小时，身体也格外强壮，成了这处浅滩的领头者，它觉得自己应该担负起保护这一小群鱼苗的责任。小鲑鱼带着大家与岸边保持一定的距离，以免被突如其来的波浪冲到岸上，同时，它还得提醒小伙

捕虫草的囚犯

伴们远离水较深的地方，躲开鲦鱼和红鳍鱼等敌人。小鲑鱼那些离岸边太远的小伙伴们，很多成了大鱼的盘中餐；而那些离岸边太近的，有的被冲到岸上渴死了；还有的到了岸上又被波浪打回河里，也因为经常离河面太近，被蜂拥而来的水黾攻击。这些水黾总是瞄得很准，甚至可以穿过河水刺穿小鱼。没过多久，从沙堤上不同碎石洼中游出来的鲑鱼苗，总共就只剩下不到 100 条了，而这些小鱼肩负着延续鲑鱼家族繁衍的使命。

即使经过深思熟虑，终于找到了水深合适的藏身处，小鲑鱼和伙伴们仍然面临着其他危险。就算会吸走小鱼的怪物和红鳍鱼的威胁已经消除，水黾也攻击不到它们，一些食肉的昆虫幼虫和龙虱，仍然可能会给小鲑鱼和它的伙伴们带来致命的危险。此外，还有长达几厘米的小鳟鱼，这些家伙虽然算得上鲑鱼的近亲，但它们六亲不认，会毫不留情地捕食小鲑鱼。

这时候，附近就有一只龙虱，长着带倒钩的钳子一样的下颚，速度也快得惊人。小鲑鱼时刻注意着龙虱的动作，被吓坏了，因为它看到龙虱已经抓走了好几条反应不够快或者不够小心的鱼苗。小鲑鱼躲过了龙虱，带领数量已经大大减少的鱼苗群，在向一处更浅的、更平静的水湾转移的时候，一只长相可怕的蜻蜓幼虫盯上了它们，穷追

鲑鱼历险记

不舍。这家伙长得太奇怪了,本来该长着脸的地方,却像戴了一张空白面具。蜻蜓幼虫先是吸进去很多水,然后喷出,借助这股力量,它全速冲向小鲑鱼。小鲑鱼及时反应过来,迅速躲到了一丛茂盛的水草中。小鲑鱼躲在水草的茎秆中间向外看,只见蜻蜓幼虫转身向一条正在晒太阳的小鲦鱼发起进攻。这时候,挡在蜻蜓幼虫脸上的"面具"突然弹出,立刻变成两只强有力的爪子,抓住了小鲦鱼的腹部。小鲦鱼拼命挣扎了几秒钟,动静大得足以吓坏周围一米以内的小动物。蜻蜓幼虫很快就把小鲦鱼拖进一团水草中,在那里享用它的美餐。

小鲑鱼偷偷地从藏身的水草中间窜出来,惊魂未定。它飞快地游到了碎石之间的地带,这里有一股水流不停地流过，虽然不怎么平静，却相对安全。小鲑鱼知道，龙虱和饥饿的鳟鱼都在附近出没，不过它已经很了解这两种敌人了，知道如何及时躲开它们。同时，小鲑鱼为了生存，自己也忙着捕食更小的水生生物。这片水域资源非常丰富，有很多食物，有一些小型贝类，有紧紧附在石头底下的钉螺、孑孓，还有一些掉进水里的小昆虫，甚至还有一些刚从卵里孵出来的其他鱼苗。

小鲑鱼个头长得飞快，龙虱和小鳟鱼已经对它构不成威胁了。终于，当一只较小的龙虱经过身边的时候，小鲑鱼立刻发起攻击，吞食了这个昔日的天敌。几天之后，一条小鳟鱼动作不够快，让小鲑鱼有了可乘之机，它迅速冲上去，把小鳟鱼从头至尾整个吞下去。这条小鳟鱼足有2.5厘米长，就在几天前，它还是令小鲑鱼非常惧怕的敌人呢！

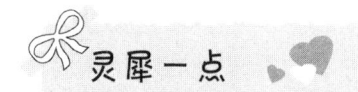

灵犀一点

很多小鲑鱼失去了生命，被大自然淘汰了。在自然界中，物种之间及生物内部之间相互竞争，物种与自然抗争，能适应自然者被选择存留下来，这就是"物竞天择，适者生存"的自然法则。

第三章　夏天的快乐和惊险

帕尔从未放松过警惕，它拥有无与伦比的敏捷，可以成功地避开很多危险……

小鲑鱼已经长到接近 8 厘米了，那些研究鲑鱼的人，把这个阶段的鲑鱼叫作"帕尔"，我们也暂时把它称作"帕尔"吧！帕尔的颜色比鳟鱼更显眼，更有光泽，它的身上没有鳟鱼的粉色，但是在身体两侧和腹部有一层夺目的银白色，而背部又是闪闪发光的蓝黑色，看起来非常漂亮。在靠近鱼鳍的两侧，均匀地分布着一片黑色圆点，这个区域还分别围绕着一道黄色的光晕；帕尔的身体中部有鲜红色的斑点，光彩夺目；接近腹部的地方，还有一些宽的蓝灰色的竖条纹，标志着它在鱼群中非常年轻。帕尔已经长成一条年轻的鲑鱼了，它身形苗条健美、鱼鳍健壮有

捕虫草的囚犯

力,矫健的身姿天生适合在湍急的河水中游动,它能征服一切汹涌的激流。帕尔的下颚宽阔有力,河里那些大小不超过自己的动物,都不再是可怕的敌人。

与帕尔一起出来冒险的小伙伴们只有不到40条幸存,这些年轻的鲑鱼已经分散在逐渐变浅的河流各处,彼此相隔很远。这时候,魁戴维克峡谷的乡间已经进入炎炎夏季,到处是一派夏日的景象:南部大支流里的礁石和沙堤开始露出水面;岸边茂盛的榆树和白蜡树都长得郁郁葱葱,白杨和香柏有的屹立在河岸上,有的向水面倾斜;河流两岸的草地上,伐木工人已经开始安营扎寨了,许多牧草开出淡淡的粉紫色花朵,散发出的香甜味弥漫在空气中,十分醉人……矫健而谨慎的帕尔在河岸附近游了一圈,选定了一个地方安家。这里的河水大约有20厘米深,阳光透过茂密的香柏树枝,斑驳地洒在清澈的水面上。附近没有交错纵横的石头,也就没有足以让大型鱼类藏身的缝隙。另外还有三条鲑鱼,也在周围安了家,好在这个地方够大,食物也很充足,这些年轻的鲑鱼们都住下来,彼此相安无事。

帕尔悠闲地朝着上游游去,它慢慢地划动着长长的鱼鳍和宽大的鱼尾,逆着水流,保持着几乎不变的姿势。帕尔密切观察着水面,等着涓涓流淌的河水把食物送到它嘴边。有时是一条倒霉的毛毛虫，有时是从树枝上掉下的石蚕，它们常常沿着河岸边的鹅卵石跌跌撞撞地一路往下爬，直到爬进水里，随着水流进入迫不及待的帕尔嘴里。有时候，苍蝇、飞蛾、蜜蜂，或者甲虫也会不小心落入水中，扑腾着翅膀徒劳地挣扎一番。偶尔也会有外壳还是粉色的淡水小龙虾，侧着身子，摇摇晃晃地爬到帕尔身边。龙虾的两只螯看起来很可怕，其实没什么威胁，帕尔总是毫不畏惧，很快就吞掉了小龙虾。河流很喜欢这些年轻的鲑鱼，把它们当成最喜爱的孩子，源源不断地给它们提供食物。鲑鱼们一边轻快地游来游去，一边快速成长。

不论天气阴晴，帕尔都生活得非常愉快，可它的身边仍然存在着危险。当然，它已经不害怕那些嘴里没有牙，曾经把同伴吸走的怪物了，那家伙的嘴巴在如今的帕尔看来小得可怜。可是眼下，经常会有一条长着大大的嘴巴和红色肚子的大鳟鱼游过，它会顺便袭击这里体形较小的"居民"。在大鳟鱼的攻击下，两条年轻的鲑鱼和一条小一些的鳟鱼失去了踪影，鳟鱼吃起同类来也毫不客气。帕尔从未放松过警惕，它拥有无与伦比的敏捷，可以成功地避开很多危险。有一次，帕尔遇到了更危险的事：一条重达4公斤的鳟鱼不知何故从河道的主流游过来，擦着沙堤，小心翼翼地游到帕尔身旁，好在这条鳟鱼不是在寻找食物，而是想方设法要离开这个对它来说水太浅的地方，这让帕尔虚惊一场。

另外一次让帕尔警惕起来的，是附近来了一对捕食的翠鸟。在河流上游红色峭壁上的一个洞里有个鸟巢，那是翠鸟的家，它们在里面哺育着 6 只小鸟。为了喂养孩子，翠鸟不停地飞到水面上来捕小鱼。一旦发现了目标，翠鸟就像离弦的箭一样冲进水里，在河面上激起一片水花。当翠鸟快速离开水面的时候，它的嘴里往往牢牢地衔着一条小鳟鱼或者小鲑鱼，在太阳底下闪着银光。要是翠鸟什么也没抓到，就会立即飞到高处，恼怒地发出尖利的叫声，听起来非常可怕。帕尔栖身的地方还是比较安全的，它头顶上的香柏投下的树影和穿过树枝的斑驳阳光，都替它遮挡住了翠鸟的视线。翠鸟经常试图在这里捕食，但它们只成功了两次。一条小鳟鱼和另一条小鲑鱼先后不幸地被翠鸟带走了，帕尔则成功避开了翠鸟的捕捉。后来，翠鸟终于放弃了这个地方，到更容易觅食的水域去寻找食物了。

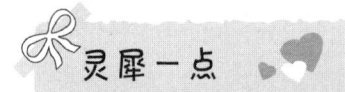

灵犀一点

帕尔遇到很多危险，机警谨慎的它一次次从危险中脱身。无论在学习还是工作中，我们都会遇到很多意外的事情，谨慎对待每一件事情，成功的概率就会大大提高。

微信扫一扫
一起来揭秘动物大百科吧！

第四章　两只奇怪的苍蝇

帕尔看到这两只奇怪的苍蝇非常兴奋,立即冲上去,用尾巴攻击那只带有绿色的苍蝇……

对帕尔来说,苍蝇也是寻常食物,可是有一天,当它跳起来捕食飞到水面的苍蝇时,付出了惨痛的代价,好在它也从中吸取了宝贵的经验。

当时,一只又大又鲜艳的红色苍蝇出现在帕尔的头顶上方,它从来没有见过这样的苍蝇。这只苍蝇和它以前遇到过的不一样,一点儿也不急着往下飞,而是用一种奇怪的姿势悬停在水面上方。帕尔好奇地盯着苍蝇,正犹豫到底要不要去捉的时候,这只苍蝇忽然向上逆流飞起来。就在不远处,另一只长得更奇怪的大苍蝇也跟着飞起来。这只苍蝇具有绿色和棕色相间的颜色,看起来像一只蚱蜢。

帕尔看到这两只奇怪的苍蝇非常兴奋，立即冲上去，用尾巴攻击那只带有绿色的苍蝇，想把它打下来淹死，自己再慢慢研究。奇怪的是，一瞬间，两只苍蝇同时消失了。帕尔既失望又困惑，它感到非常沮丧，只好退回到水里。

过了一会儿，两只苍蝇又出现了，慢悠悠地沿着水流移动，再次飞起来，飞到水面上，在水面上跳舞。两只苍蝇还会不时浸到水面之下，但它们之间的距离始终保持不变，而且不知为什么，它们行动起来似乎不受水流影响。帕尔盯着它们看了几秒钟，心中满是疑惑。两只苍蝇奇怪的举动越来越激起帕尔的好奇心，它终于忍不住了，猛地向前冲出去，咬住了那只漂亮的红色苍蝇。突然，帕尔感觉到一阵刺痛，一个可怕的东西带着一股力量在它嘴里扭转，将它向前上方拽去，拉到了半空中，接着它被重重地摔在河岸边干燥的碎石上。

帕尔躺在热乎乎的鹅卵石上大口地喘气，痛苦地挣扎着，把漂亮的鱼鳞都蹭花了。一个高大的身影在它跟前弯下腰来，这个家伙长着一只巨大的手，帕尔不知道这就是人类的手，手指和帕尔的身体一样长，这个高大的人把帕尔从鹅卵石上捡起来。帕尔听到一阵模糊的声音，他说："可怜的小鱼，还好鱼钩挂得不厉害。这小家伙应该不会有事，不知道以后会不会吸取教训，我看也够呛。"接着，

捕虫草的囚犯

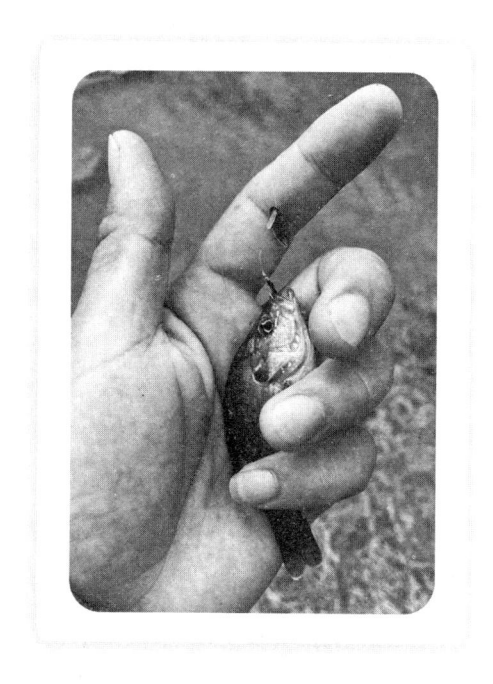

他取下帕尔嘴上的鱼钩,然后把帕尔丢进河里。帕尔觉得对方的动作极端暴力,其实,这只大手已经尽最大的努力把动作放轻了。

这时候,帕尔感觉头晕目眩,刚才确实吓得不轻,它掉头就往深水处游,有那么一会儿,它分不清方向,完全任由水流的摆布。过了一阵子,帕尔缓过神来,它观察了一下四周,又拼命地朝原来的藏身处游去。那是一块它熟悉的石头,藏好之后,它仍然惊魂未定,身体两侧感觉很不舒服,浑身又酸又疼,还在忍不住地颤抖。慢慢地,它才一点点地恢复平静。帕尔有了这次可怕的经历，再加上它天生就比一般的鲑鱼更加警觉，从此以后，捕食浮在水面上的苍蝇时，帕尔都格外小心。

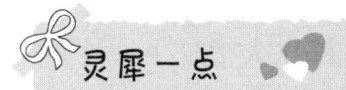

灵犀一点

吸引帕尔的两只苍蝇其实是鱼饵，吞下鱼饵的帕尔险些丧命。香饵勿食，金钩勿吞。我们应当吸取帕尔的教训，面对利益的诱惑，要镇定淡然，坚守住做人的原则与底线。

第五章　奔向大海

而如今，激情和喜悦好像已经不复存在，它们的生活变得平静了，却又非常急切地想要赶往某个地方……

整个夏天和秋天，帕尔都很忙碌，它忙着捕食，忙着躲避敌人，也忙着在香柏树下浅浅的水流中嬉戏玩耍。初秋的雨使南部大支流的水位有所上涨，帕尔也第一次意识到，河里的大鲑鱼真是多得数也数不清。整个夏天，这些大鲑鱼都想方设法远离这片浅水。其他的大鲑鱼也都忙着自己的事情，一直无视帕尔的存在，但小心谨慎的帕尔仍然尽量和它们保持距离。帕尔还会远远地观察那些大鲑鱼，注意到大鲑鱼玩闹的时候会弄出很大的动静，它们会高高地跳出水面，而且不论白天黑夜，都在碎石沙堤上忙活，好像在用它们强有力的嘴巴在挖洞。

慢慢地，河水的颜色越来越深，冬天到了，落在水面上的不再是苍蝇和甲虫，而是小小的白色的雪花，一碰到水就不见了。此时，帕尔已经变得非常凶悍，也不满足于河流中的生活了。它不清楚自己渴望的到底是什么，但它知道，无论是在不停流动的河流中，还是在开始结冰的河岸边，都得不到它想要的东西。现在，帕尔眼里只有那些大鲑鱼，它们的身体两侧平坦而修长，身上鲜艳的颜色已经变得有些暗淡。这些大鲑鱼跟随波浪无精打采地游着，它们曾经总是不停地拼命向上游，游的时候充满了喜悦。而如今，激情和喜悦好像已经不复存在，它们的生活变得平静了，却又非常急切地想要赶往某个地方，而那个地方似乎在河流的下游。帕尔自己也不知道为什么，它甚至还

捕虫草的囚犯

没有完全反应过来,就跟着鲑鱼群向河流下游游去了。

这时候,帕尔的个子已经长大很多,力气也比以前大多了,身上颜色鲜艳的图案也渐渐开始变得暗淡。事实上,这个阶段的鲑鱼已经不是一条"帕尔"了,研究鱼类的人把它们称作"斯梅尔特",因此,我们的主人公也要改名为"斯梅尔特"。斯梅尔特随着鲑鱼群奔向大海,这不过是按照鲑鱼长久以来的洄游天性,它们也讲不出什么道理。

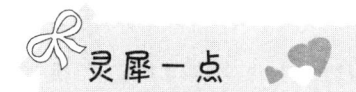

灵犀一点

鲑鱼成长到一定阶段,就向大海游去,这是它们的本能。本能指人类和动物不学而能的行为,如婴儿吮乳、蜜蜂酿蜜、鲑鱼洄游等。本能是大自然赋予生物自身生存的行为能力,生物通过自身本能变化来适应大自然而求得生命本身的延续。

第六章　海洋中的盛宴

它对此并不知情，只觉得刚才莫名其妙地忽然离开了水，然后又很快掉下来……

斯梅尔特的鱼鳍长长的，精力充沛，已经不再害怕水流更急、更深的地方了。它离开了沙堤，来到大鲑鱼中间，跟随它们向前游。这里波涛汹涌，水花飞溅，有奔腾作响的激浪和小瀑布，斯梅尔特在水流中穿行着，一开始有点害怕，但很快就适应了。同行的伙伴是一些身形细长、扁平的鲑鱼，游在它前边，正好给它引路，除了把对方当作免费导游，斯梅尔特并不怎么留意它们。不过，经常会有一条大个子的伙伴急匆匆地朝它冲过来，这家伙长着灯笼一样的下颚，看起来脾气也不怎么好。这个时候，斯梅尔特就不得不赶紧后退一些，给对方让路。

捕虫草的囚犯

经过了波涛汹涌的河段，南部大支流进入平缓的流域，这里河水很深，蜿蜒数公里，波澜不惊地流着，两岸是赤杨林地。这时候，魁戴维克乡间已经进入隆冬时节，河水结了冰，河面上覆盖着积雪。斯梅尔特在冰下继续游着，阳光透过冰层照射进来，它对这种模糊的光线感到很困惑。不过这种情况很快就过去了，在其他几条河流的冲击下，南部大支流又汹涌澎湃起来。

在汹涌的波浪上方，忽然响起一声怒吼般的巨响，像是警告经过这里的旅行者。斯梅尔特听到响声停了一下，却看到整个鱼群仍然毫不犹豫地向前游着，于是，它也勇敢地跟着大部队继续前进。很快，它被一股巨大的力量向前腾空拉起来，然后头朝下直直地落下，中间有一段几乎没有水，差点儿让它窒息。紧接着，它掉进了深深的大水潭中，这里的水流还在不停地旋转。大水潭里有很多成年大鲑鱼和一些与它一样的年轻鲑鱼，正懒洋洋地游来游去。现在，斯梅尔特已经成功游过了南部大支流瀑布。不过，它对此并不知情，只觉得刚才莫名其妙地忽然离开了水，然后又很快掉下来，差点儿被摔死。

斯梅尔特在瀑布脚下的大水潭里休息了一小会儿，缓过神来后，和其他迁徙的鲑鱼一起，继续它们的征程。南部大支流流到这里，已经和魁戴维克的其他主要河流汇集

鲑鱼历险记

在了一起。斯梅尔特沿着这条宽广的大河稳稳当当地游了三天,最终到达了一条棕黄色的河里。斯梅尔特出生在清澈的水域,因此对这里十分好奇。过了好几天,等斯梅尔特的生活过得悠闲自在,吃饱喝足了,才慢慢适应了河水的变化。这时候,另一个更大更惊人的变化出现了,让它很难适应。这条河流原本向着前方奔流着,竟忽然逆转方向,波浪冲着它涌过来,斯梅尔特当然不明白发生了什么。更糟糕的是,这条奇怪的"河"水的味道也变了,又苦又咸。其实,当咸咸的波浪涌向斯梅尔特的时候,大海已经在不远的前方向它招手。

　　刚开始的时候,斯梅尔特很不习惯水里的咸味,不过很快它就改变了态度,喜欢起这种味道来。同时,它也注意到,一起旅行的那些大鲑鱼们原本疲惫懒散,现在却像

捕虫草的囚犯

刚刚苏醒过来一样，充满了活力。大鲑鱼的胃口越来越好，动作也更加灵活了，经过它们身边的小鱼常常被它们捕获。水越来越咸，斯梅尔特越来越喜欢这种味道，对食物的渴望也越来越强烈。不知什么时候，河岸不见了，阳光透过一层层波浪照到斯梅尔特身上，它感觉暖融融的。水不再是棕黄色，而变成了晶莹的蓝色，斯梅尔特终于来到了大海的怀抱。

重新恢复活力的大鲑鱼们来到了大海，斯梅尔特和其他年轻的鲑鱼一路同行，它不明白为什么这么做，对这些大鲑鱼也没有什么特殊的感情。在大海里，斯梅尔特和其他鱼鳍强壮有力、身体两侧呈现出银色光芒的同伴一样，开始捕食数不清的新猎物。过去，不论是在湍急的河流中还是平静的水洼里，这些猎物它都从未见过。一开始，斯梅尔特只捕食很小的海洋生物，比如在礁石下生活的小贝类、浮在海面上的大片海藻、游来游去的鱼苗群、各种各样的水母，以及其他数不清的小生物。这些东西数量很多，甚至在海面上形成许多奇形怪状的图案，有时候看起来就像一大碗浓汤，令斯梅尔特胃口大开。

银色的鲑鱼群继续向北游，寻找来自北极的冰冷海流。海流中的海洋生物数不胜数，而它们游经的陆地上的生物则越来越少了。鲑鱼群游到非常深的海水深处，在这里，人类无法使用任何捕鱼工具，如此深的水下，波涛微微泛着波光，缓缓地涌动着，丝毫不受海面兴风作浪的极地暴风雪的影响。昏暗的海洋深处，小型海洋生物发出淡淡的白色荧光，它们数量巨大，有数百万之多，聚集在一起非常醒目。鲑鱼们也纷纷张开大嘴，将这些小东西吞进肚子里，享受着海洋中的盛宴。

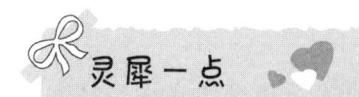

灵犀一点

鲑鱼长途跋涉来到大海，因为大海里有丰富的食物。鲑鱼洄游是地球上一个古老的传奇。鲑鱼的祖先一直生活在高寒地带的河流中，后来由于那里的食物稀少，便被迫成群结队游到食物丰富的海洋。

一起来揭秘动物大百科吧！

捕虫草的囚犯

第七章　危险重重

在游向近海的航程中，危险又一次降临在这些鲑鱼身上，即使它们动作再灵活也无法轻易躲开敌人……

在海洋深处，鲑鱼们也面临着被敌人吞食的危险——这里有张着大嘴的鲸鱼和鲨鱼。这些危险的敌人通常喜欢在海面附近活动，互相争斗、残杀，将更深一些的地方留给鲑鱼们称王称霸。然而，每隔一段时间，就会有体形庞大的鲸鱼潜入水下，来到鲑鱼们中间。鲸鱼可以暂时顶着水压，在必须浮到海面换气之前，一口吞下几十条鲑鱼。偶尔也会有鲨鱼或者剑鱼潜下来，像老鹰从高空中急速俯冲下来猎食一样，打乱鲑鱼群的队列。不过现在，大部分时间没有敌人来干扰鲑鱼群，这是它们一生中最平静的阶段。

斯梅尔特来到海里已经有三个月了，它的个头长得越来越快。这时候，它和其他大多数同伴一样产生了一股奇怪的潜意识，驱使它们朝着出生的地方返航。现在，斯梅尔特已经有2.3公斤重了，如果这个时候被渔民捕到，他们会把它叫作"格里斯"鲑鱼，我们的主人公又应该改名叫"格里斯"了。格里斯的同伴们也长到了1.4到2.3公斤，它们体重差不多，一起开始返航，经常有成年的鲑鱼群从它们身边经过。大多数成年鲑鱼群速度更快，经过一到四个月，在思乡之情和繁衍本能的驱使下游到海岸附近。

格里斯继续向前游，身体仍然在继续生长，当它回到海湾附近的时候，已经足足有2.7公斤重了。在它朝着海岸游去时，经过了以前游过的数条河流，再次遭遇那种味道咸咸的漩涡状水流，每到一个这样的大河入海口，就会有一批鲑鱼离开队伍，向着迎面而来的淡水潮流游去。不过，格里斯一直继续前进，准确无误地找到了它出生成长的那条河，它的同伴们大多数也和它一样，坚持回到了出生地。

在游向近海的航程中，危险又一次降临在这些鲑鱼身上，即使它们动作再灵活也无法轻易躲开敌人。这里有很多狗鲨，这种鱼体形小，嘴巴长在吻的下方，牙齿很锋利，咬起来非常凶猛。不过，狗鲨的速度不如鲑鱼快。可是因为狗鲨体形小，看起来不那么危险，因此很容易就游到了鲑鱼们身边，连格里斯也没有察觉。就在狗鲨即将咬到它身体的侧面时，格里斯迅速摆动长长的鱼鳍和强有力的尾巴，像支银色的箭一样嗖的一下躲过了攻击，让狗鲨咬了个空。从此以后，格里斯学会了警惕周围接近自己的鱼，凡是体形比自己大的，哪怕就大一丁点儿，也都格外小心。其他鲑鱼可就没这么幸运了，格里斯看到不少同伴被凶狠的狗鲨撕成了碎片。在海里，狗鲨群就相当于陆地上的狼群。

还有一些危险同样致命。有一次，正当格里斯轻松地迅速往前游的时候，它看到前边游着的几条鲑鱼忽然停了

下来，莫名其妙地挣扎着。格里斯觉得很奇怪，它犹豫了一下，决定马上停下来观察一下到底发生了什么。它看见同伴们挣扎得很厉害，好像很绝望很痛苦的样子，它却没看到周围有什么危险。格里斯小心翼翼地向前靠近一点，它察觉到前面有一层薄薄的棕色的线，相互交织着，围拢着那些不幸的同伴。格里斯不认识这些人类布下的渔网，可也没有傻乎乎地留在那里继续观察，而是慌忙后退。没有什么能阻挡格里斯游向家乡的决心，于是，它拼命向下潜去，几乎潜到了海底，然后继续向前游。格里斯游出去1.6公里左右，将可怕的渔网远远地甩在身后，这才返回到水面。

然而，海上还有其他的渔网。就在格里斯进入大河入海口的时候，在两边看到一排排的柱子，柱子上拉开渔网，一直延伸到河里很远的地方，这种渔网叫定置网。格里斯足够小心，在刚刚进入河流的时候就察觉到了这些渔网，它尽量潜到河流深处，成功地避开了渔网。它清楚地看到，那些警惕性不高只顾往前游的同伴遭受了重创。一层又一层的渔网横在面前，处处暗藏危机，很多鲑鱼的生命就葬送在这里了。而格里斯则始终不放松警惕，每当必须要游向水面的时候，它都会逆流而上，贴着渔网，急速地冲过黄色的水流，姿态也不失优雅。此外，格里斯和同

捕虫草的囚犯

伴们也没有在捕食上浪费太多时间。不知为什么，自从离开海水以后，它们就没什么胃口了，一心只想赶快回到它们出生的地方，那里的河水清澈见底，阳光透过河水照在沙堤和河底，闪闪发光。

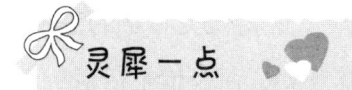

灵犀一点

　　鲑鱼在大海中，要时刻提防天敌，天敌指自然界中某种动物专门捕食或危害另一种动物。天敌之间的较量，是一种竞争关系。我们人类社会中也有竞争，良性的竞争，能促使竞争双方愈加强大。

第八章　悲喜交加

就在鲑鱼们享受着这种神秘而新奇的喜悦时，水花四溅的声音引来了一头黑熊……

鲑鱼群继续逆流而上，在大河中向前游去。冲过几处激流之后，它们第一次停下来，这是一处水深而阔的大水塘，格里斯和同伴们就在这里停下来休息。

休息的时候，格里斯顺便捕些东西吃，比如落在水面上的苍蝇等。这时候，一只黄蜂不小心落在了河面上，正在拼命挣扎。黄蜂鲜艳的颜色吸引了格里斯的注意，就在它准备发起攻击吞掉黄蜂的时候，想起一件可怕的往事，那时候它还生活在南部大支流里，是一条灰色的小鲑鱼，被称作"帕尔"。它仍然记得尖锐的鱼钩刺穿下颚的疼痛，记得在干燥炎热的岸边石头上那种窒息的感觉。于是，格

捕虫草的囚犯

里斯放弃了捕食黄蜂,而另一个同伴则毫不犹豫地把黄蜂一口吃掉了。自从想到那段可怕的往事后,格里斯每次捕食苍蝇前都要小心翼翼地仔细查看,看另一头是否拴着那种几乎看不见的细线。其实这一次,格里斯的小心纯属多余。不过在不久之后,它的高度警惕再次发挥了作用,让它成功地避开了一场大劫难。

经过这个大水塘之后,鲑鱼群又向前游了一整天,来到一处宽阔的淡水河口。这里的河水清澈碧绿,与主河道里黄棕色的河水截然不同,河里翻涌起白色的浪花,好像在欢迎年轻的鲑鱼们归来。这时候,格里斯已经回到它的故乡魁戴维克峡谷了。比起它离开的时候,这条河变窄了,也浅了很多,因为炎热的夏季蒸发掉不少河水。格里斯沿着清澈的河水游去,遇到了多处水流十分湍急的地方。浪花打在礁石上,激起一层层白色的泡沫,非常考验它的游泳技巧。格里斯就在这些激流、礁石和河水非常浅的缝隙中穿梭着,整整游了一天,格里斯准备再停下来休息一下。这次休息的地方也是一个很大的水塘,水面是绿色的,有两条小溪从两边欢快地流进来,水面上总是不停地泛着白色的泡沫。这里源源不断的活水非常清凉,立刻让格里斯觉得神清气爽,开始在水面上捕食各种虫子。水塘里到处都是和它大小差不多的鲑鱼,偶尔也有一两群体态优雅的白鲑鱼或者长着吸盘嘴的亚口鱼。

夜晚降临，月亮升起来了，银色的月光洒满了整个水塘。格里斯一时兴起，快速摆动着健壮的鱼鳍和鱼尾，嗖的一声向上跃起，跳到半空中，落下来的时候溅起一大片水花，声音非常响亮。它一次又一次地跳跃着，乐此不疲。格里斯发现，暂时离开水，跳到神秘而陌生的空中竟然很有意思。它的同伴们，不论个头大小，几乎同时都发现了这个乐趣。顿时，鲑鱼们纷纷跃起、落下，水花声顷刻间打破了大自然原有的沉寂。鲑鱼们银色的身影健硕而优雅，像出膛的子弹一样飞向空中，瞬间闪烁出夺目的光芒，然后又落回水中。就在鲑鱼们享受着这种神秘而新奇的喜悦时，水花四溅的声音引来了一头黑熊，它悄悄地从一条溪水旁接近水面。在小溪的另一边，还有一只猞猁偷偷摸摸地爬到了一棵树上。

这两个家伙都眼巴巴地望着兴奋地不停跳跃的鲑鱼们，希望它们跳着跳着就会落入自己伸手可及的范围内。可所有的鲑鱼都停留在安全范围内，在水下时也只在水很深的地方游动。两个捕食者徒劳地继续紧紧盯着水面，一轮圆月已经缓缓地升到了夜空中。

鲑鱼们又在水塘里生活了几天。一天早晨，格里斯惊奇地发现了一个奇怪的东西，它长长的深色身影在水面上

捕虫草的囚犯

缓缓滑过。这个东西的侧面接近尾端的地方,长着形状奇怪的窄窄的鳍,不停地朝下摆动、旋转,似乎产生了很大的力量,推动着这个形状奇怪的东西向前游动。望着这个奇怪而陌生的东西,格里斯感到莫名的恐惧和不安,它变得更加小心谨慎。几分钟后,当这个怪东西经过它上方的时候,头顶的水面上溅起一片微弱的水花,接着,一只长相很奇怪的苍蝇出现在水面上。这只苍蝇沉到水下两三厘米的地方,逆着水流动了动,然后又退回到水面上不见了。格里斯非常不屑地看着苍蝇,它又想起了惨痛的往事,它绝对不会上当。可是,当这只苍蝇又回来的时候,鲑鱼群中一条个头数一数二的大鲑鱼懒洋洋地探出水面,把苍蝇吞了进去。紧接着,发生了一阵可怕的骚乱。那条大个头的鲑鱼挣扎着冲上去，又在水塘里上下不停地来回翻滚，搅乱了水塘底部的鲑鱼群。鲑鱼们纷纷游上去，跳出水面。机警的格里斯很清楚这是怎么回事，它静静地注视着眼前的景象，可是混乱一直没有结束，越来越多的鲑鱼痛苦地挣扎着。格里斯不忍心看下去，索性放弃，它游到了怪东西巨大的影子下方，然后继续朝上游方向前进。那个怪东西其实是人类的划艇，格里斯凭着机警躲过了一场大劫难。

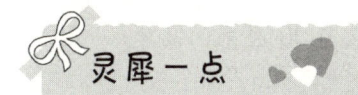

灵犀一点

划艇上的人捕获了很多鲑鱼，所幸，格里斯凭借着非凡的机警躲过了这场大劫难。警觉机敏，也是我们在应对人生中意外与挑战之时所必备的素质。

捕虫草的囚犯

第九章　跨越大瀑布

格里斯面对的正是这股清澈的水流，它集聚起浑身力量向上冲刺，到达了距离顶端只有 30 厘米的高度……

当天晚些时候，重游故里的格里斯已经来到了南部大支流的河口，内心坚定的信念，指引着它毫不犹豫地一跃而起，逆流冲向了这条大河。这条河流比以前略微窄了些，但仍然波涛汹涌，格里斯一路向前，一直到达瀑布脚下那个深深的水潭。水潭里碧波荡漾，水面上泛起一层层白色的泡沫。年轻的格里斯，精力也非常旺盛，它在水潭里一圈又一圈地游来游去，仔仔细细地观察着眼前的瀑布，这可是一道横在它面前的巨大屏障。格里斯看到周围有很多远道而来的同伴，其中很多都受了伤，有的同伴身体侧面甚至在流血。这些鲑鱼们已经尝试过跨越大瀑布，却没有成功，它们正在积蓄体力，准备再次尝试。格里斯也决定停下来，先养精蓄锐，再向上冲刺。

这条大河的瀑布群大约有3.6米高，要越过瀑布群，鲑鱼们需要进行两次跳跃。下面的瀑布高达2.7米，直接落进水潭。上面的瀑布先落入一处1.8～2.4米宽的砂岩坑中，再和下面的瀑布相连，这个瀑布有1米高。由于凸出的岩石棱角锋利，岩石之间又有许多缝隙，瀑布的一大部分都被激起的泡沫覆盖着，只有主河道右边的一股水流十分清澈，在阳光下呈现出美丽的绿色。格里斯面对的正是这股清澈的水流，它集聚起浑身力量向上冲刺，到达了距离顶端只有30厘米的高度。它向上跳跃的同时，用力摆动自己强有力的鱼鳍和尾巴，借助跳跃的冲力和水流的力量，它的身体继续向上升。终于，它跳过了下面瀑布的边缘，到达了砂岩坑。这里水流非常急，格里斯一鼓作气，又向上面的瀑布冲去，非常轻松地越过了这道1米高的障碍。

现在，格里斯终于到达了水流清澈的沙堤——它出生的地方。这里有一些不太适合游泳的地方，有的地方水太浅，有的地方过于曲折，有的地方则到处是边缘锋利的岩石。当然，这里也有很多安静的水坑让鲑鱼们暂时逗留和休息。与格里斯同行的伙伴越来越少了，它们有的吞了假

捕虫草的囚犯

苍蝇鱼饵被人钓去，有的被手法娴熟的山猫和熊抓走，也有的被河里的水獭或者水貂捕获。不过，也有很多与格里斯一样成功的，它们抵达了鱼卵孵化的大沙堤。这些同伴都是和格里斯一起从海里进入河道，一路结伴游回来的，它们在这片浅浅的水域里，从早到晚四处游动、翻滚。

每一天，都有新的成员到来，鲑鱼群越来越大。在这些同伴中，格里斯很快就找到了喜欢的伴侣。这条鲑鱼已经是第二次回到这片水域了，它身形健美，大约有4公斤重，比格里斯的个头还要大。格里斯身上的鳞片闪闪发亮，游起来动作敏捷有力，当它游到雌鲑鱼身边展示魅力的时候，雌鲑鱼立刻就接受了它。格里斯用坚硬的鼻子为雌鲑鱼挖出一个圆形的巢穴，经过这里的水流平缓清澈。

格里斯用它的侧身亲昵地爱抚着银光闪闪的伴侣,雌鲑鱼就在巢穴里产下了无数的鱼卵。等到雌鲑鱼产卵完毕,鱼卵全部受精以后,格里斯就离开了。它游到附近的一个水潭,在这里懒洋洋地休息,甚至有些无精打采。大批鲑鱼开始返航的时候,格里斯内心也生出一股对海水的强烈渴望,它跟随着同伴们,再一次向着大海的方向游去。

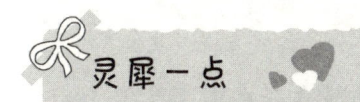

灵犀一点

鲑鱼历经艰难险阻,逆流而上,回到出生地完成了繁殖,也完成了自己的使命。我们每个人都肩负着各自的使命,使命的重量,决定着我们人生的高度。

微信扫一扫
一起来揭秘动物大百科吧!

捕虫草的囚犯

第十章　并非一只松鼠

大概又过了10分钟，成年鲑鱼在水面上发现了一个棕色的毛茸茸的东西，它看起来很像一只小松鼠……

格里斯再次来到大海深处，海里丰富的食物又一次唤醒了它的食欲，渐渐地，它的身体又长大了不少，也发生了其他变化，它的身躯和以前比起来，鱼鳍的比例变小了。它也不再是"格里斯"，而是一条真正成年的鲑鱼了，我们就把它称作成年鲑鱼吧！

成年鲑鱼现在的生活与上次相比没什么大的变化，它现在所有的冒险、遇到的危机、有趣的事情、捕食的猎物，都和上一次在海里的经历相差无几。最大的不同是，成年鲑鱼在海里已经具备了相当高的威信，完全不把那些体形小一些的鲑鱼放在眼里，随便它们在周围寻找食物。

成年鲑鱼即将迎来一生中的鼎盛时期，不停生长的身体，已经让从前的小鲑鱼进入到鲑鱼世界的霸主队伍了。

这一次，成年鲑鱼在舒适的海里待了长达一年的时间，捕食活动非常轻松，而且只要稍加注意，就可以很容易躲过海豹们的攻击。成年鲑鱼在大风浪中惬意地穿行，它游到了海水冰冷却物产丰富的哈德孙海峡入海口。深冬时节，陆地上的漫漫极夜远未过去，春天还很遥远，成年鲑鱼的内心深处却已经开始感受到春天的召唤了，它开始想念南部大支流阳光明媚的沙堤了。这突如其来的愿望，驱使着成年鲑鱼调转方向，再次不知疲倦地向南游去。还有大批同伴怀着同样的心愿，在同样的冲动驱使下，再次开始洄游。

返程的成年鲑鱼成功避开渔网、海豹和狗鲨的威胁，在5月底终于又一次回到母亲河的入海口，在这棕黄色、味道甜美的淡水中尽情畅游。这时候，它的体重已经达到了18公斤，银蓝色的流线型身体点缀着漂亮的图案，看上去非常醒目。成年鲑鱼精力充沛，肌肉健壮，浑身充满活力，它逆着河流向前游，一路畅通无阻。河里正在发洪水，洪水前所未有的猛烈，在水流的冲击下，成年鲑鱼仍然勇往直前，但在几处水潭，停留的时间比去年短了很多。这个季节的水潭，因为洪水太大，很多不容易被人类

捕虫草的囚犯

发现,还有些饱受洪水冲击,很难接近,因此成年鲑鱼可以免遭钓鱼人的侵扰。只有一次,在魁戴维克河口的一处水潭里,成年鲑鱼看到两只颜色过分鲜艳的苍蝇在水面上飞来飞去。它已经很熟悉这种伎俩了,不仅不害怕,还故意轻轻跳起来,用尾巴打了一下一只假苍蝇,用来表达它的轻蔑和愤怒。接下来,成年鲑鱼悄悄地潜到水潭底,悠闲地注视着水面。结果那两只假苍蝇装模作样地来回蹦跶了一个小时,最后终于失去了耐心,消失不见了。

大概又过了 10 分钟,成年鲑鱼在水面上发现了一个棕色的毛茸茸的东西,它看起来很像一只小松鼠。刚才,其他鲑鱼也没有理会那两只假苍蝇,却和成年鲑鱼一样,被这个毛茸茸的东西吸引了,其中一半鲑鱼都想弄明白这

到底是什么东西。当成年鲑鱼游上前观看的时候，别的鲑鱼纷纷避让，因为它现在已经是鲑鱼群中的老大了。

  成年鲑鱼很久没有饿过肚子了，现在也不饿，却对这个陌生的东西涌起强烈的好奇心。它侧着身子，慢慢地接近水面，在毛茸茸的东西的正下方张开大口，一下子将其吞了进去，然后迅速转身朝潭底游去，河面上顿时泛起一阵水花。然而，紧接着，它就被什么东西使劲一拉，它的下颚一瞬间似乎被刺穿了，疼痛难忍，一股巨大的力量拽着它的下颚，它不得不偏离了行进的路线。成年鲑鱼这才意识到自己被骗了，这个毛茸茸的东西和以前的假苍蝇一样，都是鱼饵。

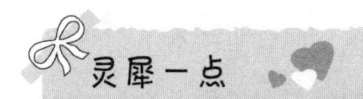

灵犀一点

  鲑鱼盲目自信，以为自己了解一切鱼饵，没想到还是上了当。"知之为知之，不知为不知"。我们要养成虚心好学的习惯，不能粗心大意、骄傲自满。

捕虫草的囚犯

第十一章　恢复自由

不断的刺痛让成年鲑鱼受尽折磨，不过，顽强的它还是继续坚持着，在石头上不停地来回摩擦……

聪明的成年鲑鱼不幸咬到了鱼饵，它的第一反应是拼命向水潭的另一边冲过去，试图摆脱嘴里这个小东西的折磨。这个时候，以前咬到鱼饵的痛苦记忆涌上心头，再加上与生俱来的机警，它最终改变了主意。

成年鲑鱼没有游到水面拼命挣扎，因为那样很快就会耗光它的体力，而且会马上落入敌人的手里，它完全调转了方向，向着水底猛冲，奋力抵抗鱼竿、渔线的强大力量。当它到达了河底，就拼命地在石头上摩擦，想要蹭掉钩在它下颚上的鱼钩。同时，渔线的另一头，钓鱼人也使劲儿往上拽，想要把它拉出水面，好让它在水面上挣扎个筋疲力尽。嘴里的鱼钩一再往上拉，不断的刺痛让成年鲑鱼受尽折磨，不过，顽强的它还是继续坚持着，在石头上不停地来回摩擦。钓鱼人甚至怀疑，鱼钩是不是被卡在了石头上。

这时候，身形巨大的成年鲑鱼决定再次改变策略。其实，它已经把鱼钩弄得很松了，当然它也付出了惨痛的代价：下颚上的软骨被拉伤了。成年鲑鱼一边将身子侧过来，一边小心翼翼地观察着那条细细的、几乎看不见的渔线。几秒钟后，它忽然直冲着渔线拉它的方向猛冲过去。一刹那间，巨大的拉力消失了，渔线松下来，它仍然有异样的感觉，鱼钩和鱼钩上毛茸茸的鱼饵还挂在它的嘴里。成年鲑鱼直直地游过小划艇的底部，听到头顶上传来一阵尖锐的声音，很像蝗虫的叫声，其实，这是钓鱼人慌忙收

捕虫草的囚犯

线的声音。成年鲑鱼一边游,一边拼命甩头,但鱼钩仍然没有松掉。

成年鲑鱼拼命向前游,在它抵达水潭边缘的时候,它像一支射出去的飞镖,迅速冲向水底一簇被风刮倒的树枝中间,紧接着又朝相反的方向游去,终于把一段渔线缠在了离它几米远的树枝上。同时,它感到下颚被狠狠地拽了一下,鱼钩终于被扯开了,成年鲑鱼又恢复了自由。

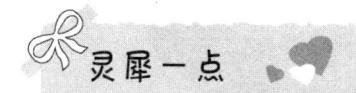

灵犀一点

鲑鱼终于摆脱了鱼钩,重新恢复了自由。关键时刻,我们要靠勇敢和智慧去战胜困难。我们平时在生活中,也要注意培养机智和勇敢这两种能力。

第十二章　最后一道障碍

　　它再次鼓起勇气和力量，又一次腾空而起，带着似乎不可战胜的力量和速度，向瀑布冲了上去……

　　成年鲑鱼满怀着深深的恐惧和愤怒，快速地离开水潭，向着魁戴维克汹涌的上游继续游去。到达了下一个水潭后，它没有停下来休息，而是兴奋地游来游去，周围别的鲑鱼也跟着它一起活蹦乱跳起来。在这里短暂停留后，成年鲑鱼继续向上游游去，有三条鲑鱼受到它的感染，也与它一起逆流而上。游过了无数激流、小瀑布和水潭，经过一些浅浅的、到处是岩石的河床，不知疲倦的成年鲑鱼终于又回到了南部大支流，在清澈的河水中，它一刻不停歇地继续前进，直到抵达碧波荡漾、激流澎湃的大瀑布脚下。

捕虫草的囚犯

　　成年鲑鱼仔细观察了一下，发现这里已经发生了很大的变化，与它第一次回来的时候截然不同，只见洪水猛烈地倾泻到深深的潭底，声音震耳欲聋，在环绕大水潭的岩石之间回荡。不过，在成年鲑鱼的意识中，它必须跨越瀑布，它眼里最大的变化就是瀑布本身的变化。原来，在第一年春天的时候，这里发生了一次山体滑坡。巨大的岩石本来就有很大一部分悬在半空中，结果被岩石缝隙中形成的冰楔逐渐撕裂，在瀑布的巨大压力下，山体在一瞬间全部崩塌了。于是，下面的瀑布就向后移了一段，和上面的瀑布合成了一个瀑布，相当于成年鲑鱼需要越过的瀑布比以前高了将近1.5米。对于这片水域的旅行者们来说，这个高度以前从未见过，也不可能越过。

　　成年鲑鱼当然不知道这里发生了什么，它只记得自己以前曾成功越过这道瀑布，然后到达了那片阳光充足的沙堤，现在，它正无比向往着那个地方。成年鲑鱼感受到内心那股强烈的召唤，自己必须逆流而上，越过眼前的障碍。除了遵从内心的召唤，它没有别的想法。现在，成年鲑鱼独自在水潭里，因为它是这次旅程中最先到达的鲑鱼，那些同伴都被抛在了后面。成年鲑鱼先在水潭最深的地方静静休息了一会儿，突然，它立起身体，像一道银色的闪电，穿过绿色的波浪，迎着瀑布而上，到达了离顶端只有0.9米高的地方，接着像一把弓一样弯过来，停顿了一秒钟，淹没在瀑布表面令人窒息的白色泡沫中，很快又跌落到瀑布脚下。它一次次做出尝试，第二次又比第一次跳得高了0.3米，第三次却离顶端更远了。

瀑布巨大的冲击力终于让成年鲑鱼筋疲力尽，它失望地落回水潭里。它游到水潭最深、最安静的底部，养精蓄锐。它被垂直的瀑布水流吓坏了，也对刚才的失败感到迷惑不解，这种感受估计与龙卷风搏斗过的人类相似。疲惫的成年鲑鱼还受了伤，就在它落下来的时候，一块边缘参差不齐的岩石划伤了它的侧身，留下一道血红的伤口。

成年鲑鱼在休息的时候，依然充满对出生地的渴望。瀑布汹涌的水流更大了，幽深的水潭底部也失去了宁静，成年鲑鱼透过水面上汹涌的波涛，看到了瀑布顶端，一段被河水冲刷得干干净净的沙堤正屹立在那里。这段沙堤非常宽阔，在太阳底下闪着金光，当夜晚来临时，又在月光下泛着蓝白色的光芒。这一切就和记忆中一模一样，眼前这道瀑布是必须要越过的障碍，成年鲑鱼明白，只有跨越瀑布，才能到达沙堤。于是，它再次鼓起勇气和力量，又一次腾空而起，带着似乎不可战胜的力量和速度，向瀑布冲了上去。可是这一次，它和上次一样，又在半空中停了下来，差点儿窒息，然后又落回到水里，带着同样的困

捕虫草的囚犯

惑。接下来，成年鲑鱼不停地尝试着冲上瀑布，斗志丝毫没有动摇，可是它的力气却一次比一次小。瀑布水流中藏在泡沫底下的岩石，也一次又一次在它身上划出新的伤痕。最后，成年鲑鱼的力气耗尽了，只剩下了震惊和困惑。它缓缓地游到了岸边的一个水涡中，半侧着身子，鼓起鳃，大口大口地喘着气。

就在这时候，有个家伙从山上下来，慢慢爬到了水潭边。这是一头黑熊，而且是整个魁戴维克峡谷最大的黑熊之一。黑熊一屁股坐下来，用它那双狡黠的小眼睛，轻蔑地看着有气无力的成年鲑鱼。其实，它观察这条鲑鱼很久了，它可不是因为好奇，而是寻找捕猎的最佳时机。就在成年鲑鱼一次又一次跳跃，体力渐渐不支的时候，黑熊也离水边越来越近。成年鲑鱼仍然毫无察觉，它游到水涡里，侧过半个身子大口呼吸。这时候，黑熊离它只有几米远了，它就像猫一样匍匐前进，忽然用巨大的熊掌狠狠地扫过来。成年鲑鱼吓了一大跳，浑身颤抖起来，转眼就被扔到了岸边的岩石上。接下来，黑熊张开大嘴，龇着白森森的牙齿咬过来，却只是轻轻地咬住了它的背部。成年鲑鱼已经没有力气挣扎了，被黑熊带到了瀑布上方的灌木丛中，它最终以生命为代价，越过了最后一道障碍。

灵犀一点

作为鲑鱼中的强者，克服了诸多艰难险阻，但最后却还是被黑熊捕食，结束了自己短暂、传奇而悲壮的一生。一岁岁，一年年，无数条成年鲑鱼，不惧艰险，不辞辛劳，逆流而上，只为洄游到出生地，完成大自然赋予的繁殖使命。"士不可以不弘毅，任重而道远。"肩负着各自使命的我们也当如鲑鱼那般，在人生的逆境中逆流而上，实现我们每个人的价值。

美琳蒂大战山猫

微信扫码
☑ 观看动物百科
☑ 加入话题讨论
还可以参与配音达人活动哦

捕虫草的囚犯

第一章 美琳蒂家的小木屋

在奶奶旁边,有一扇雪埋半截的小窗户,奶奶不停地往窗户外面张望……

现在是二月中旬,一场大雪覆盖了森林,淹没了空地上曲曲折折的篱笆。村子里的小路更是可怜,完全消失在雪的世界里。

森林中的空地上有一座小木屋,屋顶很低,上面立着一个孤零零的烟囱,冒出淡淡的黑烟。小木屋被大雪埋住了大半,三个小小的窗户只有一半还露在雪面之上。

小木屋旁边有一座木头畜棚和一座小披屋,畜棚不仅供牲口居住,还可以存放些柴火,小披屋用做仓库。这两座小屋子被大雪埋住了,只露出白茫茫的屋顶,漆成黑色的屋檐在皑皑白雪的世界里,格外显眼。

美琳蒂大战山猫

院子中间有个小小的水屋,就像一个古老的座钟。水屋顶部有大片的积雪,像戴着一顶巨大的帽子,看起来有些奇怪。从小屋门口到畜棚有一条路,在这条路和小披屋门口的空地上,积雪被人踩得乱糟糟的,上面还零星散落着碎木片和稻草。

早已雪过天晴,4只白色的绵羊卧在雪地上晒太阳,一只红羽毛的大公鸡率领着五六只母鸡,在绵羊身边扒拉着垃圾,想从里面找一些食物。畜棚低矮的门紧关着,抵挡着外面寒冷的空气,长毛的绵羊不怕冷,但棚里的牛和马可受不了这么寒冷的天气。

小木屋的厨房里有个老式炉灶,灶膛里面的火烧得正旺,不时有红色的火星飞溅出来,就像会发光的蝴蝶。此时，屋子里暖和的就像夏天一样。在炉灶旁边站着一个小姑娘，有些瘦弱，皮肤苍白，浅色的头发毛茸茸的，她就是我们的主人公美琳蒂。美琳蒂正在用力地搅拌着燕麦面糊，准备待会儿做煎饼吃。她细细的胳膊上全是面粉，就连额头上也弄得白白的，因为额头上面调皮的头发老往眼睛里跑，她不时地用沾着面粉的手把它们拨开。

炉子的另一边，沉重的椅子上坐着一位满头银发的老太太，是美琳蒂的奶奶格里菲斯夫人，她正在慢悠悠地织着毛衣。格里菲斯夫人坐得离火炉很近，满是皱纹的脸被炉火烤得红红的。她喜欢坐在这儿烤火，却不喜欢织毛衣，因为她的手已经老得做不了这种细活儿。她像个坏脾气的小孩子，不耐烦地拿着毛衣针，胡乱戳来戳去。

在奶奶旁边，有一扇雪埋半截的小窗户，奶奶不停地往窗户外面张望。她急切地望着篱笆外的那条小路，要想到村子里去，人人都得走这条小路。

"又过去一星期了，美琳蒂。"奶奶愤怒地嚷道，"快看，又有支马队过去了，再来一支，这条小路就要被轧坏了！""不会的，奶奶。"美琳蒂努力让自己的语气显得欢快些，但还是能听出一些不耐烦，因为每当有马队经过，奶奶总是这样嚷嚷。美琳蒂又小声嘟囔道："就算路坏了又怎么样呢？这儿的食物够咱们吃一个月了！"

美琳蒂一边干着活,眼睛却期待地向窗外的小路望去。小路已经被大雪覆盖了很久,她也憋坏了,每天她都在等待马铃响起,因为她很想坐上马车到村里去玩。

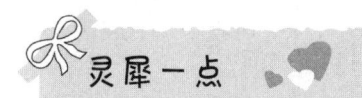

灵犀一点

美琳蒂家的小木屋位于森林中,森林生活很静谧,但也并非没有危险和挑战。当有自然界的"不速之客"进入林中居民的居住地时,人与野生动物间的矛盾便愈发凸显。如何使人与野生动物和谐相处,是一个大课题。

微信扫一扫
一起来揭秘动物大百科吧!

捕虫草的囚犯

第二章　山猫偷袭

不过，她又是生气又是心疼，一股怒气冲上脸颊，小脸儿一下子涨得通红，蓝眼睛里也冒出了熊熊怒火……

美琳蒂和奶奶正望着小路的时候，有两个鬼鬼祟祟的家伙从小屋另一边的树林里钻出来。这是两只长着灰色皮毛的山猫。此时，它们成功地避开屋里两个人的视线，顺着畜棚的屋顶，肚皮贴着积雪，偷偷爬过来。

山猫的爪子又宽又大，长着软绵绵的肉垫，就像穿着雪地靴，在厚厚的积雪上走得稳稳当当，还不发出一点儿声音。它们的耳朵毛茸茸的，直直地竖立着，警惕地听着来自四面八方的声音；它们的尾巴短短的，好像被咬掉了一截，看起来很可笑。此时，这两条尾巴正在激动地打战，显然是发现了猎物，而它们最让人难以忽视的，就是那双又圆又大的眼睛,眼睛是浅黄色的,中间是缩成椭圆形的瞳孔,黑漆漆的,像闪闪发亮的黑宝石。这两双眼睛敏锐极了,滴溜溜直转,能洞察周围的一切。

其实,这两只山猫并不愿意白天出来,更不愿意离开密林,跑到这么开阔的空地上,但因为大雪封山,它们已经饿得几乎前胸贴后背,实在没有别的办法了。山猫把祖先一代代传下来的教训都抛到脑后,冒险到人类的地盘来找东西吃,否则就要活活饿死了。山猫是独行侠,一般不结伴儿,这两只山猫走到一起,也是被逼无奈,唯有集合它们两个的力量,遇到大猎物才能拿下。几天来,它们连一个猎物的影子都没瞧见,肚子饿得越来越难受。它们特别忌惮人类,但极度的饥饿促使它们铤而走险,在大白天跑到人类的地盘上,想偷只牲畜当食物。

现在,趴在畜棚顶上的两只山猫口水直流,使劲儿嗅着暖烘烘的羊肉味儿。在这次行动之前它们来踩过点,发现绵羊晚上待在畜棚里,白天才会被主人放出来。畜棚的门看起来很结实,挠不动,啃不破,晚上肯定偷不着羊,只能在白天冒险采取行动。山猫的肚子不停地叫,不能再等了,它们飞快地从畜棚跑到院子里。

不一会儿,屋里的人就听见院子里传来嘈杂的声音,有母鸡惊恐的咯咯声,还有绵羊痛苦的咩咩声。奶奶从椅

捕虫草的囚犯

子里抬起身子，却又无力地坐回去，疼得直哼哼，满脸的皱纹也扭曲起来。奶奶年纪大了，患上了风湿病，腿脚和腰都不好。美琳蒂把手里的木头勺子往地上一扔，像一阵风一样冲到窗边。她往院子里一看，那张苍白的脸吓得更白了。不过，她又是生气又是心疼，一股怒气冲上脸颊，小脸儿一下子涨得通红，蓝眼睛里也冒出了熊熊怒火。

"是山猫！"她大喊一声，捡起木勺就冲出房门，"它们抓住了一只羊！天啊，它们想把羊咬死！"

"美琳蒂！"奶奶急忙喊道，语气十分严肃，让愤怒的美琳蒂不由得停下了脚步。奶奶叹了口气，说："赶紧把那没用的木勺扔了！去拿枪啊！"

美琳蒂连忙松开手，像被勺子咬了一口一样。她犹豫不决地看着墙上挂着的长枪,这支猎枪是用来打野鸭子的。她大喊道:"我不会开枪啊!这玩意太吓人了!"

就在她们说话的时候,院子里的情况变得更糟糕,绵羊发出了绝望的叫声。不能再犹豫了,美琳蒂一把拎起门后的长柄斧头,一脚踹开门,大叫一声:"看我的!"她飞一般地冲过去解救她心爱的绵羊。

"这孩子真有意思。"奶奶低声嘀咕着,脸上却洋溢着兴奋与骄傲,"明明怕枪怕得要死,却又敢拎把斧头对付山猫。"她用尽全身力气,想把自己和椅子一起挪到打开的门前。在那里,她既能看见院子的情况,也能够摘下那支猎枪。

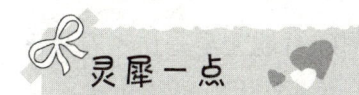

灵犀一点

饥饿的山猫偷袭美琳蒂家的绵羊,她又心疼又生气。山猫是矫健而富有攻击性的动物。美琳蒂面对如此危险的敌人,并没有胆怯后退,而是选择了勇敢地与之搏杀。勇敢既是我们面对危险时的正确态度,也是我们战胜困难的必要素质。

第三章　大战山猫

美琳蒂浑身是劲儿，只听她发出一声歇斯底里的怒吼，冲向了那两只山猫……

美琳蒂跑得飞快，已经冲到了院子中间。有一只绵羊倒在地上，四蹄乱蹬，身子周围的雪地上全是血，看来已经不行了。一只大山猫正趴在绵羊身上，扭过头来盯着她。山猫的眼睛里冒着凶光，显然是气坏了——这个人真讨厌，羊肉都到嘴边了，她还要来捣乱。

另一只绵羊跑到取水屋旁摔倒了，吓得瘫在雪地里爬不起来。第三只绵羊比山猫跑得更快，躲到了水槽边上，离小木屋只有五六步远。即便如此，它也没有逃脱厄运。那只个头更大的山猫扑到它的背上，拼命抓扯厚厚的羊毛，想咬住它的脖子。可怜的绵羊被抓得生疼，大声惨叫着。

美琳蒂平时是个性格温柔的女孩子，就跟她的长相一样，温柔的小脸，温柔的蓝眼睛。但在这时，她发怒了，心里燃烧着一团火，变成了一个勇敢的斗士。她的裙子在奔跑中飞扬起来，她像一只凶猛的大鸟，向着大山猫俯冲过去，她手里的斧头猛地落到了山猫头顶上，就像一道闪电。然而，小女孩的力气终究有限，斧头也不太锋利，而且不是直接朝下劈去，而是歪着拍下去。

山猫被斧头一下子拍懵了，慌忙松开爪子。那只绵羊背上流血了，好在没有受到致命的伤害，它咩咩叫着，往那些同伴们身边逃去。而它的同伴们已经吓傻了，呆呆地站在松软的积雪里，也不知道逃跑。

山猫缓过神来，转身面向美琳蒂，发出了一声愤怒的咆哮，吓得她不敢向前发起第二次攻击，只能站在原地，双手紧握斧头，准备抵挡山猫的攻击。

一个女孩，一只山猫，对峙了几秒钟。终于，美琳蒂赢了。浅黄色双眸的山猫恼怒地大叫一声，往旁边一跳，消失在取水房后面。但几秒钟后，这只山猫又出现在羊群中间，而这群绵羊又笨又胆小，拥挤在一起，谁也不敢单独跑开。

美琳蒂立即跟过去。刚才被山猫吓到了，她觉得很丢脸，这一次，她不再怯懦，一往无前地冲过去。扑向山猫的时候，她情不自禁地发出一声怒吼，声音又大又尖锐。山猫被这突如其来的一声怒吼吓破了胆，它完全被女孩的气势镇住了，虽然它恼怒万分，但是也不敢反击。美琳蒂扑到山猫面前，抡起斧头朝山猫头上劈下去，山猫猛地往后一跳，敏捷地躲过这致命一击，然后它向同伙跑去，那家伙正在木屋门边上大口吞食着战利品。

第一只绵羊死了，成了山猫的美食，美琳蒂非常伤心。羊是救不回来了，但美琳蒂要为它报仇！要知道，她可是个斗士，哪能允许敌人从她手下逃脱呢?！人类一旦忘记恐惧，就会变得英勇非凡。现在，美琳蒂浑身是劲儿，只听她发出一声歇斯底里的怒吼，冲向了那两只山猫。

可是,形势变得对美琳蒂十分不利。现在不再是一人一山猫的公平对决,而是两只山猫会合在一起,它俩相互配合,比起单打独斗战斗力提升不止一倍。事前它们通过观察,特意挑了这个没有男人的地方下手,却没想到一个小女孩也敢坏它们的好事,因此,它们又羞愧又生气。

让山猫更恼怒的是,因为美琳蒂的"搅局",到嘴的食物又要失去了。它们是森林里的"捕猎王子",怎么能容忍这种事发生呢?看着美琳蒂一步步逼近,两只山猫背上的毛直直地竖起来;短短的尾巴也炸开了毛,像个破破烂烂的小鸡毛掸子;两对耳朵向后缩着,平平地贴在脑袋上。它们俩仗着数量上的优势,挑衅地叫嚣着。

两只山猫配合很默契,忽然一起发动进攻,同时向美琳蒂跳过来。美琳蒂蓝色的眼睛亮亮的,看起来一点儿也不害怕。这让两只山猫很意外。不过,根据它们的经验,年轻的女孩子一般都经不住吓唬,因此它们就又恶狠狠地往前逼近了几步。美琳蒂没想到山猫敢靠近自己,不自觉地停下了脚步,一时不知道该进攻还是该转身逃跑。看见美琳蒂停下脚步,两只山猫也不敢动了。它们紧贴地面,警惕地观察着四周,尖锐的爪子深深嵌入雪地,随时准备扑上来。

捕虫草的囚犯

灵犀一点

美琳蒂虽然身体瘦弱，但是她在面对山猫时表现很勇敢。勇敢指不怕危险和困难，有胆量，不退缩。勇敢可能是天生的，也可以是后天锻炼出来的。一个人需要学会勇敢，但勇敢不同于鲁莽。

微信扫一扫
一起来揭秘动物大百科吧！

第四章　大获全胜

下一秒钟,枪管里喷射出红色的火焰,枪声响亮极了,像是要把玻璃全都震碎一样……

屋外进行着人猫大战,屋里的奶奶也在行动。虽然她年纪大了,腿脚不便,但她身体还结实得很,意志力也特别强大。美琳蒂和山猫对峙的时候,她已经把自己和沉重的椅子挪到了小屋门口,从这里她看到了外面的一切。奶奶既心疼美琳蒂,又为她感到骄傲。这个小姑娘从小身子骨就弱,奶奶原来一直很担心她。他们格里菲斯家族住在纳克维克的小河畔,家里无论男人还是女人,一个个都长得高大壮实,唯独这个蓝眼睛的女孩又瘦又小,简直就是家族里的残次品。不过,现在她已经向大家证明:身体的强壮固然重要,精神的强大更重要!

奶奶看见美琳蒂和两只山猫之间的生死对峙,紧张得屏住了呼吸,她很担心自己的宝贝孙女。出于对亲人强烈的爱,她奇迹般地从椅子里站起来,摘下墙上的那支猎枪。她的儿子杰克去森林里伐木了,临走之前给枪装上了子弹,一拿下来就能用。她一下子把子弹推上膛,往椅背上一靠,尖声喊道:"站在那儿别动,美琳蒂!我要开枪了!"

听到喊声,美琳蒂的脸色更苍白了。她一动不动,像尊雕像一般。两只山猫听见喊声,把头转了过去,浅黄色的圆眼睛死死盯着小屋门口坐着的老奶奶。

下一秒钟,枪管里喷射出红色的火焰,枪声响亮极了,像是要把玻璃全都震碎一样。枪里装的可是大号的铅弹,那只大个子的山猫被打得向后飞出去,肚皮朝天,一动不动地躺在了地上。

另一只山猫看见同伙的惨状,像是被踩着尾巴的家猫一样,惨叫着飞快地转过身,一溜烟逃命去了。枪还冒着青烟呢,奶奶把枪往墙边一放,骄傲地笑了,一本正经地扶了扶她头顶的帽子。美琳蒂在那儿站了一会儿,呆呆地盯着地上死去的山猫。突然,她丢下手里的斧头,跑回小屋,扑进奶奶怀里,把苍白的小脸埋在奶奶胸前,大声哭起来。

奶奶温柔地看着美琳蒂，慈爱地摸着她毛茸茸的头发，低声安慰道："好了，好了！别怕了啊！你个子虽然小，胆子倒是挺大的，美琳蒂，我为你骄傲！等你爸爸回来，我把这件事告诉他，他肯定也会为你骄傲的！"美琳蒂还是哭个不停，纤弱的肩膀一抖一抖的，奶奶只好低下头来，贴着她的耳边，继续安慰道："好了，好了！快擦干眼泪，再不把煎饼放进锅里，面糊就要坏掉啦。"

美琳蒂知道，一时半会儿面糊是不会坏掉的，但她听奶奶这么说，还是乖乖地站起来，用手背擦干眼泪，轻轻笑了笑，关上了门。她从抽屉里拿出一把新的木勺子，又开始起劲地搅拌面糊。

木屋外幸存的绵羊从取水屋后的积雪里爬出来，动作

捕虫草的囚犯

慢吞吞的,聚在一起,低着头站在院子中间,看着棚屋前那只死去的山猫,依然吓得浑身发抖。

灵犀一点

奶奶杀死了山猫,也为美琳蒂的勇敢感到骄傲。实际上,是祖孙二人合力战胜了山猫。兄弟同心,其利断金。团结合作,才能产生强大的力量,战胜强敌。

微信扫一扫
一起来揭秘动物大百科吧!